황석영
소설

한씨연대기

문학동네

차례

한씨연대기 _007

낮고 비좁은 적산敵産가옥에 네 세대나 살고 있었다. 집에 대한 권리를 가진 임자들이 각각 달랐는데, 그들 중 어느 식구인가가 독차지해서 쓰게 되면 지방 소도시에서는 제법 몇째 가게 큰 편에 속할 집이었다. 불하를 낼 때에 방 하나 또는 둘을 차지하고 있던 주인들이 제각기 연고권을 팔고 떠나버렸기 때문에 비좁은 피난 살림 같은 형편이 이십여 년 동안이나 물리고 물려서 내려온 거였다.

　공무원 민씨네가 아래층 전부를 쓰고 있으며, 운전사 변씨네, 교회 집사인 과수댁이 이층 마루를 함께 쓰며 방 한 칸씩을 차지하고 있었고, 맨 구석 그늘진 북향 방에 홀몸인 노인이 살고 있었다. 다른 세 가구는 오래전부터 이 집에 살아왔지만, 노

인이 이사를 온 것은 불과 삼 년 전인 일구육팔년도 사월달이
었다. 혼자서 찌그러진 트렁크를 들고 들어서던 노인의 음침한
몰골을 적산집 사람들은 누구나 기억하고 있었다. 그는 백발의
머리를 뒤로 가지런히 넘겼고, 낡았으나 노인답지 않은 양복을
입고 있었다. 거뭇거뭇한 피부 소양의 흔적이 얼굴에 퍼져 있
었는데, 눈빛이 흐리터분해 보였고 특히 보통보다 좀더 큰 붉
은 코와 인중 옆의 콩알만한 물사마귀의 색깔이 우스꽝스럽게
대조적이었다. 입언저리가 화난 사람처럼 아래로 처져 있어서
막연히 이 얼굴의 임자가 어두운 성격의 사람임을 느끼게 했었
다. 세간 따위란 애초에 없었다. 이불을 운전사 변씨네서 빌려
줬다가 나중에 돈을 받았고, 식기 나부랭이는 노인이 시장에서
하나씩 사들여왔다. 처음부터 그런 식이었으니 적산집 사람들
중 누구도 마음을 놓을 수가 없었다. 사실 그들은 전에 살던 철
도청 사람이 그런 홀아비 노인에게 방을 넘기고 떠날 줄 알았
다면 미리 수라도 써서 다른 세대를 받았을 것이다. 살붙이 하
나도 없는 노인네가 그렇잖아도 복잡한 집에 들어오게 되면 각
자의 신경도 곤두설뿐더러 집안 분위기가 어쩐지 구질구질해
질 것 같았다. 게다가 노인은 좀 괴팍스런 데가 있었는데 동네
사람들과 인사조차 건네질 않았다. 아무도 상대해주질 않았을
테지만, 그는 동네 영감들이 자주 모이는 대서소 앞은 물론, 복

덕방에도 얼씬을 안 했다. 그는 노인 특유의 불면증 때문에 한밤중에도 동네 골목을 배회하는 습성이 있었으며 누구나 그와 마주치면 섬뜩한 느낌이 든다고 했다. 왜냐하면 그쪽에서 몹시 놀라는 기척을 보이고 피하는 일도 있다는 건데 애써 이쪽에서 말이라도 붙이려고 다가가면 의심스럽게 상대방을 쏘아보다가, 뭐라고 혼자 중얼중얼하면서 지나간다는 것이었다. 같은 울안에 사는 사람들마저 그를 꺼린 게 사실이었다. 아낙네들 중 어떤 여자는 넘어져서 울고 있는 아이를 노인이 말없이 안아다가 데려다주는 성미로 봐서라도 순하고 착한 분일 거라고 말하기도 했다.

  적산집 사람들은 햇수를 넘기는 중에 노인을 동정도 하게 되고, 사연이야 알 수는 없지만 사람 성격이란 게 천차만별이니 그저 성미 탓이거니 관대하게 넘겨짚고 생각하게 되었다. 이사 왔을 적에 노인이 돈을 얼마쯤 갖고 있었는지, 사채 놀리는 여자에게 맡겨서 생활비를 적당히 받아다 쓰는 모양이었다. 사람들은 자세한 내막을 몰랐지만 아마 돈을 잘리었을 거라고 믿게 되었다. 한가히 지내던 노인이 동네의 잔일거리를 맡아 품삯을 벌거나, 동회에서 극빈자 구호양곡을 가끔 타다가 이럭저럭 먹는 둥 마는 둥 하며 살았기 때문이다. 더구나 노인이 일자리를 갖게 되었던 거였다. 그는 오전 내내 집에 있다가, 점심을 얻어

먹으러 사거리 약국 옆에 있는 장의사葬儀社로 나가게 마련이었다. 오랫동안 입관을 맡아오던 사람이 죽은 참에 일손이 모자랐던 장의사에서 적당한 사람을 물색하다가, 선심 쓰는 셈치고 노인에게 일을 맡긴 거 같았다. 그는 주저 않고 시체 치우는 일을 맡았다. 노인은 일거리가 없는 날도 오후에는 늘상 거기 앉아 오가는 사람들을 멍한 시선으로 바라보았다. 어쩌다가 초상집에서 일을 치르고 오는 날은 말할 것도 없으려니와, 그는 보통 때에도 막소주에 만취가 되어 돌아왔다. 노인이 아침이나 저녁 식사를 거르는 때가 한두 번이 아니었고, 그래서 집안 사람들 모두가 저 노인네 늘그막에 몸을 마구 굴리는 꼴이 얼마 못 살 거 같다고들 수군거렸던 것이다.

어느 날, 공무원 민씨가 출근을 하려고 수선을 떨며 방안을 서성대다가 얼결에 창밖을 내다보고 오만상을 찌푸렸다. 노인이 우물가에 쭈그리고 앉아 아침부터 속옷을 빨고 있지 않겠는가. 아래층을 모두 차지하고 사는 민씨네는 실상 이 집의 주인이나 다름없었고, 토지도 개인 명의로 불하를 맡아두었으니 각 세대주들 가운데서도 발언권이 제일 세었던 터였다. 동네 사람이나 민씨 자신과 친분이 있는 사람들이라도 지나다가 그 꼴을 보게 된다면, 인정 없고 도리를 모르는 사람이라고 그의 아내로부터 민씨 자신에게까지 욕이 미칠 게 뻔한 노릇이었다. 민씨는 노인이 언제나 마땅찮았는데 출근길에 불쾌한 꼬락서니를 보게 되니 더욱 참을 수가 없었다. 노인은 등이 꾸부정해져 빨랫감을 대야에서 꺼내는데 몹시 헐떡거리고 있었다. 그는 허리도 두드리고 고개를 들어 하늘을 올려다보면서 간간이 쉬었다. 민씨가 짜증스럽고 원망이 섞인 투로 중얼거렸다.

"정말 차마 눈뜨고 못 보겠군."

부엌에서 설거지를 하고 있던 민씨의 아내가 판자문을 열고 내다보더니 말했다.

"사람은 늙으면 고만이라구요. 늙마에 혼자 산다는 게 딱한 줄 아셨으면요. 처자가 버젓한 걸 다행으로 아시라구."

민씨는 여편네의 고질인 잔소리가 더 계속될까봐 입을 다물었다가, 암만해도 노인의 꼴이 맘에 켕겨서 아내에게 사정조로 말해보았다.

"이봐, 나가서 좀 도와주라구. 누가 보면 욕하겠어."

"아이구, 속없는 소리 하시네. 동네에 소문이 파다한 늙은이라구요. 내 노상 도와줬지만 고마워하는 기색두 없구요. 말대꾸도 전혀 안 해요. 치성 드리던 미륵님도 행적을 안 보이면 부수는 게 세상 마음인데, 무슨 정성살이 뻗쳤대나요."

민씨는 고함을 꽥 내질렀다.

"체면이 있잖아. 그럼 저런 걸 눈뜨구 보면서 출근하란 말야?"

민씨의 아내가 뭐라고 연거푸 투덜대면서 우물가로 달려나
가더니, 노인의 빨래를 거칠게 빼앗았다. 노인은 힘들여 겨우
일어서서 허리를 두드리다가 다시 현관 앞 마루에 털썩 주저앉
아 숨길을 돌렸다. 이층 층계에서 내려오던 운전사 변씨의 아
내가 노인의 그런 양을 보고 "영감님 힘드시죠?" 했는데도 그
는 대답이 없었다. 비낀 아침햇살이 퀭하게 꺼진 노인의 눈두
덩을 깊숙하게 그늘지워서 광대뼈가 더욱 불쑥 튀어나와 보였
다. 이를테면 그날따라 노인의 얼굴이 누런 칠을 입힌 해골 같
아 보였다. 조는 듯 앉았던 노인이 눈을 가리고 일어나며 발을
헛디딘 것처럼 비틀거렸다. 그는 몹시 어지러웠는지 양팔을 벌
려 벽에 기대고 조심조심 계단을 올라갔다.

우물가에서는 노인의 빨래를 하던 민씨댁과 채소를 씻는 변
씨댁의 한담이 무르익고 있었다.

"영감태기, 고맙단 말이라두 하면 체통이 깎이나?"

"또 노인네 빨래군요. 그냥 두고 보기도 안쓰럽다구요."

"누가 아니래. 귀신 같은 영감 땜에 귀찮아 죽겠어."

"어제는 글쎄 저녁두 안 자시고 또 주정합디다."

"바루 옆방이니 잘 알겠구려. 얌전히 주정이나 하면 괜찮게,
헛소리는 안 합디까."

"가끔 그래요. 요새는 잠잠하다 했더니…… 그저 본인두 편하게 일찍 돌아가셔야죠."

연탄재를 버리러 나왔던 교회 집사 과수댁이 불쑥 나섰다.

"사람들이 그러면 못씁네다."

"왜 그러서, 덕 좀 볼려구?"

"저 말하는 것 좀 보게. 방이나 날까 하구 목을 빼구 기다리는 건 대체 누군데."

"그래 저 영감이 죽는다구 방을 그저 언나, 누구 맘대루…… 다 권리가 있는 건데."

변씨댁이 날카로워진 두 사람 사이에서 만류했다.

"공연히 농담하다 싸우시겠어요들, 아 딱하면 가서 예배나 봐드리구려."

"그러지 않아두 내 우리 교회루다 인도하려는 참요."

"염쟁이 예수당에 보냈다가 온갖 잡신 다 끌어들이라구?"

"암만해두 그 노인네가 천한 노릇이나 하실 분이 아닙디다."

"무슨 사연이 있을 거라구, 내 애초부터 그렇게 여겼지."

"홀아비 노인 말년 사연이겠지 뭐."

변씨댁이 그렇지만은 않다며 고개를 저었다.

"며칠 전에 영감님이 방문 잠그는 걸 잊었던 모양이지요. 병굿 열려 있길래 잠깐 들여다봤지. 그랬더니 글쎄 사진틀이 바루 앞에 떨어져 있어요. 가족사진인데 퍽 옛날 건가봐. 노인네가 그땐 아주 훤출한 호남 사내입니다. 세비로를 쪽 빼입구선 애들도 귀여운 게 둘이나 있습니다. 부인두 무척 곱더구만."

"나두 그 사진은 버얼써 봤다구요."

"관 짜는 박목수가 그러는데 저분 딸 하나뿐이라던데."

"모르지 뭐야. 똑같은 고주망태 주정뱅이들이니까. 처자 있는 노인네가 무슨 백년 기도를 드린다구 혼자서 궁상이람."

"그 박목수가 왜 그전에두 찾아왔었잖아."

"영감이 앓느라구 며칠 못 나갔던 날 수의를 챙겨갖구 올라온 걸 보면, 서루 간에 후사를 부탁한 게 틀림없을 거예요."

"장지라두 미리 마련해뒀는지 알아?"

방을 나서려던 민씨가 이층에서 뭔가 넘어지는 듯한 소리를 들었다. 작은 물건을 떨어뜨리는 소리와는 달리, 아래층 천장까지 울릴 정도로 묵중한 소리였다. 민씨는 불안한 눈으로 이층 쪽을 올려다보았다. 출근시간이 늦었으나 한집에 살면서도 사람에게 변고가 생긴 걸 모른 척한대서야 도리가 아니라는 생각이 들었다. 그는 하는 수 없이 마당의 아낙네들을 향해 다급하게 말했다.

"노인네가 이층에서 넘어진 모양이오."

그는 내키지 않는 걸음으로 일부러 큰기침을 해가며 이층으로 올라갔다. 변씨댁, 과수댁, 민씨의 아내, 모두 네 사람이 끔찍한 일을 상상이나 한 듯이 숨을 죽이며 층계를 올랐다. 절반쯤 올라가자 방문턱에 발을 걸친 채 넘어진 노인이 보였다. 까딱해서 층계 아래로 굴러떨어졌더라면 그 자리에서 죽었을 거였다. 아마도 계단 쪽이 컴컴하니까 손으로 더듬으며 올라오다가 방문을 열면서 갑자기 환한 빛을 보고는 현기증을 느꼈던 모양이었다. 아니면 과중하게 힘에 부치는 빨래를 하느라고 피의 순환이 잘못되었던 터에 계단까지 올랐으니 순간적인 졸도를 일으켰는지도 몰랐다. 유일한 남자였던 민씨가 달려들어 노인의 겨드랑이를 부축해 올렸다. 다리를 부들부들 떨면서 머리를 밑으로 축 늘어뜨리는 노인을 민씨가 가까스로 들어다가 이부자리 위에 뉘었다. 트렁크와 냄비, 밥그릇, 입다 벗어던진 속옷 나부랭이 들로써 방안은 엉망으로 어질러져 있었다. 노인은 입에 거품을 문 채 빠르고 거칠게 숨을 쉬고 있었다. 과수댁이 그가 토한 자리를 치우고 얼굴을 닦아주다가 에구머니나, 하면서 뒤로 물러나 앉았다.

　"몸이…… 온몸이 뻣뻣하게 굳어 있어요."

　변씨댁이 안타깝게 말했다.

　"의사를 불러야죠."

"장의사에 가서 알려줍시다. 노인네가 거기 고용됐었으니까 말이죠."

모두들 민씨의 말에 찬성했고, 변씨댁이 가서 알리겠노라고 뛰어나갔다. 변씨댁은 아낙네들 중에 제일 나이가 아래고 다감한 편이었다. 평상시에도 노인이 저녁을 거르고 자는 날에는 간혹 문을 두드려서 국에 만 밥이나 죽 같은 걸 디밀어주곤 했으며 노인의 찢어진 옷을 보면 벗으시라고 하고서는 꿰매어주던 터였다. 그 여자가 장의사 주인에게 알리려고 뛰어가보니, 목수 박영감 혼자 크기가 각각 다른 관들 사이에 평상을 놓고 누워 잠을 자고 있었다. 변씨댁은 놀랐던 김에 그 꼴을 보고 또 한번 소스라쳤다. 채광이 나쁜 컴컴한 작업장에서 관의 무더기 가운데 반듯이 넘어져 있는 사람이 살아 잠을 잔다고는 얼핏 생각되지 않을 정도였다. 그 여자는 겁을 먹은 소리로 일부러 크게 외쳤다.

"염꾼 할아버지가 돌아가셔요."

박영감이 평상 위에서 천천히 일어났다. 그는 역광 속의 상대방을 알아보기 위해 변씨댁을 가느다란 눈으로 내다보았다.

"저기 지금 막……"

박영감은 하나도 놀란 것 같지 않게 느릿느릿 평상에서 내려와 신발을 꿰었다. 초조해하는 변씨댁은 거들떠보지도 않고,

작업장 안을 우왕좌왕하며 뭔가 찾는 눈치더니 자주색 보퉁이
에 싼 물건을 집어들고 밖으로 나섰다. 그제서야 변씨댁을 발
견한 듯이 되물었다.

"한씨가 죽었다굽쇼?"

"아뇨, 그게 아니라 넘어져 기절하셨어요. 의사를 불러야 할
텐데 주인은 안 계신가요?"

박노인이 멀뚱하니 변씨 아내를 쳐다보다가 보퉁이를 다시
안으로 던져넣으며 말했다.

"옷이나 입혀줬더니 의사는 부를 필요두 없구……"

그는 평상에 도로 주저앉았다.

"그럴 형편두 못 되오. 본인두 원하지 않을 거외다."

"혹시 그분 집안이나 연줄 닿는 데라두 모르셔요?"

"허허, 송장 치는 두 늙은이가 저승길 동무로다 아는 게지,
내 미주알고주알 알 필요가 뭐 있겠소. 죽으면 입관이나 시키
러 가겠시다."

사람 죽어나가는 일을 하도 여러 번 보아와서 그런지 눈도
깜짝하지 않는 말투였기에, 변씨댁은 낙심천만하여 돌아왔다.
난처해진 그들은 할 수 없이 이웃으로서의 성의나 베풀자고 해
서 공동으로 책임지기로 하고 의사를 불렀다. 의사가 노인의
눈을 뒤집어보고 맥을 짚기도 하며, 혈성 반응 검사를 해보더

니 고개를 갸우뚱거렸다.

"곤란합니다. 뇌혈전이군요. 입원하지 않으면 회생할 가망이 없습니다."

민씨가 변명조로 말했다.

"홀몸이기 때문에 가족이 없거든요. 응급조처라두 해주시오."

"그런 건 하나마납니다. 당장 입원해도 가능성은 반반일 정도로 늦었습니다."

"몸 생각은 않고 술을 줄창 들이켰으니……"

"알코올중독에 걸렸던 체질이라면 후유증이 몹시 심할 겁니다. 신체 마비나 정신장애를 합병할지도 모릅니다."

의사는 계속해서, 대개 이삼 일 뒤에는 의식을 회복하는 경우도 있으나 곧 다시 발작한다며 입원시킬 능력이 없으면 친지를 불러다 임종이나 보게 하라는 둥, 아주 노골적으로 털어놓으며 자리를 떴다. 그들은 혼수상태에 빠진 노인을 무력하게 바라보며 며칠 동안 기분을 잡치게 된 것만을 유감으로 생각했다. 노인은 죽은듯이 누워 있다가 하루 동안 의식을 되찾은 듯했었다. 졸도한 이튿날부터, 그러니까 한 삼십 시간쯤을 그는 눈을 뜨고 있었다. 물론 사지를 꼼짝도 못했으며 실어증에 빠져 있었다. 과수댁이 같은 교구의 동료 교인들을 불러다 예배를 보았는데, 목사가 그의 머리 위에 손을 얹고 기도를 드리자 멍한 눈가에 물기가 번져 한참 동안이나 깡마른 볼을 타고 흘러넘쳤다. 노인의 정신이 오락가락하게 되자 민씨댁은 안달이 나서 남편에게 자꾸만 보챘다.

"오늘 우리 아주 다짐을 받아놓읍시다. 노인네가 정신이 들었는데 지금 못해놓으면 영영 기회가 없다구요."

"무슨 다짐을 받는다구 그래?"

"집 문제 말예요. 방이 하나씩 날 때마다 차지해놔야 해요. 안 그러면 우리네는 영영 집의 반쪽 병신만 쓰구 살 거란 말예요."

"노인 의향대루 맡기면 될 거야."

"지금 그 영감은 혼이 없는 허수아비라구요. 얘기야 뻔한 거죠. 평소에 변씨 여편네가 시중들어주며 삶았으니 죽은 담에야 알 게 뭐람. 저희네루 양도해줬다구 우기면 꼼짝없지. 어쩌면 오래전에 벌써 방을 넘겨주기루 타협을 끝냈는지도 모르죠. 방은 남는 거구 저 노인넨 얼마 못 산단 말예요."

"할 수 없지 뭘. 남의 걸…… 그럼 빼앗을 셈이었어?"

"도대체 우린 언제쯤 가야 온채를 쓰며 살게 되는 거죠? 변씨네가 차지하면 점점 어려워져요."

"죽는 사람을 놓구 좀 야박한 거 같구만."

"뭐가 야박스러워요. 세상인심이 다 그런 건데. 실리 위주루다 생각해야지."

"딸라 변이라두 돌려오라구. 한 십만원쯤 필요할 거야."

"송장이나 마찬가진 노인한테 십만원까지두 필요 없어요. 한 오만원쯤이면 되지 머."

"변씨네서 섭섭해하겠는데…… 요샌 그런 일루다 싸우긴 싫단 말야. 기분 나쁘지 않게 타협적으로 해야지. 방두 쬐끄만 게 드럽게 속썩이네."

"돈 갖다 내밀면서 계약서에 확인을 받구선, 돈 관리는 변씨네가 맡는 게 어떻겠냐구 넌지시 말합시다. 그리구요, 사실 우리가 이렇게라도 하는 건 노인보담두 동네 사람들에게 알려놓자는 거지 뭐 다른 거 있어요?"

"골치 아파서 원. 거참 일본 적산집을 차지할 땐 옹근 채루 차지했어야 되는 건데."

"그게 뭐 우리가 몰라서 그랬나요. 그때 시국 탓이지."

민씨댁은 이잣돈을 오만원 얻어다가 노인 앞에서 변씨네의 확인을 받아, 노인에게서 권리를 이양받았다는 매도증서를 만들어 가졌고, 변씨댁은 오만원 중에서 절반을 떼어 장례비 조로 박영감에게 맡겨 장지라도 구입하도록 일렀다. 이제 노인이 당장 죽는다 해도 손해를 볼 사람은 아무도 없었다. 노인까지도 손해를 보는 것은 아니었다. 다만, 그 자신과 관계가 없는 세상일이었달 뿐이다. 노인이 다시 발작을 일으켜 생명을 실낱같이 유지하고 있는 동안 집안은 온통 뒤숭숭한 분위기에 싸여 있었고, 모두들 밤을 넘길 때마다 불안했었다. 사흘이 지나자 장삿날 그의 시체를 내가면 집안에 아무 흔적이 없도록 방을 깨끗이 치워놓자는 의견들이 나와서, 방안과 트렁크 속에 이리저리 구겨 박혔던 옷과 물건들을 꺼내다 태웠다. 식기와 트렁크는 지나가는 고물장수에게 공짜로 주어버렸다.

유품 삼을 만한 물건은 그래도 고급으로 보이는 낡은 가죽가방이었다. 노인의 가방에서 나온 것은 검은 비닐 뚜껑의 수첩 한 권과 상아 꼭지가 달린 독일제 청진기였다. 민씨가 수첩을 들춰보니 깨알만한 글씨로 뭔가 적혀 있었고, 맨 뒤에 주소록이 있었다. 다른 곳은 볼펜으로 북북 그어버려서 보이지 않았으나, 다음 장에 주소 셋이 새로 쓰여 있었다. 사고무친의 노인인 줄 알고 있었던 사람들은 모두 놀랐다. 자기네의 무심했던 행동을 후회했으나, 나중에 유가족에게 원망받지 않도록 서로를 변명해주기로 약속하고 나서 그들은 세 통의 전보를 쳤다.

소식을 보내고 이틀 지난 저녁, 어두컴컴해질 무렵에 세련된 양복 차림의 노신사와 오십대쯤으로 보이는 부인이 찾아왔다. 혼수상태를 유지하던 노인은 예상했던 대로 그 밤을 넘기지 못했다. 장례는 다음날로 미뤄지게 되었는데, 키가 크고 나이보다 훨씬 숙성해 뵈는 처녀가 하루 뒤늦게 도착해서 그들과 함께 마지막 밤을 지켰다. 밤을 새운 것은 그들 세 사람뿐이었고, 장례라 부를 수도 없을 만큼 쓸쓸했다.

늦게까지 도란도란 얘기를 나누는 그들의 음성이 들려왔다.

"한영덕이 소식이 하두 오래전에 끊어데서 난 이 친구레 어디메 지방에서나 개업하구 있는 줄로 알았대시요. 한군은 내 생각에두 너무 고디식하구 순수했디요. 그게 이 친구 단점입네다. 난 이 사람하군 정반대디만 어릴 적부터 쭉 같이 자랐댔구도재 남을 속일 줄두 모르구 융통성두 없는 이 사람 성미가 짜증이 나멘서두 밉질 않았디요. 아니, 오히려 그런 면을 도와했대시요."

"저희 아부님께서두 오라바니 인품을 벌써 알아보시구는, 기술 없으문 한데서 얼어죽을 넌석이라구 하셨시요. 기래 의학 공불 시키겠는데 훌륭한 솜씰 개지구두 살아나가기가 무척 어려웠댔나봐요. 오라바넌 거저, 결혼을 잘하셔야 됐댔는데…… 니악하구 똑똑한 아낙이 뒤에서 들구 보채문 정신을 버쩍 차릴 분이야요. 폐양 있는 저이 형님은 기런 녀자레 못 되구 약하구 얌전하기만 했시요. 오라바니 성격이 기러니끼니 아낙은 좀 세차구 똑똑해야 할 텐데요."

"매씨처럼 말입네까? 허허, 녀자 문제야 머 뻴루 상관이 있댔갔소. 혼자 월남한 거이 한군을 이렇게 만든 원인은 됐갔디만. 영덕인 자기에게 너무 까다롭디요. 대범하게 잊어두는 법이 없쇠다. 기렇다구 표현두 못하멘서 속으루만 괴로워합네다레. 모든 세상 불의를 자기 까탄으루 돌리는 거야요. 난두 답답할 때가 한두 번이 아녔대시요. 이리케 페로운 세상에 한군은 꼼짝없이 손해볼 처신으루 살아온 거야요. 페양 수복 당시만 해두 보시라요. 난 무사하게 숨어서 라디오나 듣구 지냈는데, 이 친구레 처형장에서 죽을 고비를 넘기지 않았갔시요?"

"늘 기런 식으루 살아오신 거야요. 왜 서박사님두 아시디요. 여게 넘어와선 안 기랬나요. 운두 무척이나 없던 분이야요. 기렇게 순박하시니 세상이 천 번을 뒤집혜두 아무 탈이 없을 거라구 생각했댔는데…… 반대였시요."

고별의 밤은 무척이나 긴 것 같았다.

*

대학병원 내부가 사흘째나 온통 술렁술렁하는 분위기에 들떠 있었다. 드디어 교수들에게도 총동원령이 내렸다는 후문이었다. 외과학의 정교수가 침울하게 말했다.

"한선생께선 명단에서 빠졌습데다."

산부인과 교수인 한영덕씨는 자기가 명단에서 빠졌다는 말을 듣자 안도감보다는 오히려 불안이 앞섰다. 경험으로 비추어 보아 언제나 수가 많은 편에 끼어 있는 게 유리했다. 그자들은 제외된 소수를 언제나 폐품 처리하듯 다뤄왔던 것이다. 한씨가 말했다.

"우린 어디루 보낸답데까?"

"보내질 않을 거외다. 아마 폐양에 그대루 남갔디요."

자기가 쓰던 물건들을 책상 서랍에서 꺼내어 정리하던 정교수는 잠깐 손을 멈추고 피로한 시선으로 운동장을 내다보았다. 머리가 납작하고 차체가 높은 소련제 군용 트럭이 두 대 정차하고 있었다. 운동장에 폭격의 흔적인 물웅덩이가 군데군데 괴어 있고 무너진 건물의 폐허 위에는 잡초가 무성했다. 정교수가 한숨을 쉬었다.

"차라리 뒤에 남을 가족들이나 대우를 받게 됐으문 다행이갔쉐다. 모두들 전선으루 발령이 났시요. 교수급들은 소좌나 중좌 계급장을 달아주는 모냥입데다."

"인민군이 낙동강까지 내레갔다는 게 사실인가요?"

"잘 모르갔시요. 부산을 총공격하구 있다구 선전은 합데다만."

한영덕씨는 중대 발표가 있다는 게 바로 의무군관 입대에 관한 일이란 걸 짐작하고 있었다. 철저히 파괴되고 네 벽만 우뚝 서 있는 대학 본관 건물로 오르는 계단에, 의사들은 물론이고 조수와 몇 명 안 되는 간호원들까지도 모여서 당원인 듯한 자의 연설을 듣고 있는 게 보였다. 끝없는 공습으로 대학 구내는 완전히 짓이겨져서 평양의학전문 시절의 옛 모습은 거의 찾아볼 수가 없게 되어 있었다. 예전 숭실전문이 김일성대학으로 개명되어 그 산하의 의학부로 소속되면서 평의전은 이미 당의 정치적인 행정 아래 운영되어왔다. 대학도 병원도 벌써부터 정상적인 기능을 잃고 있었는데, 전쟁이 발발하면서 젊은 학생들은 단기간의 형식적인 수습 과정을 마치고는 모두 의무군관으로 내보내버렸고 남아 있는 자는 늙은 교수들과 아직까지 요행하게도 징집당하지 않고 있던 대학 실무진들뿐이었다. 이제 교수라고 해봤자 가르칠 학생도 없었으니 최후로 갈 곳은 전선뿐이었다. 아녀자와 노인을 제외한 십육 세부터 사십오 세까지의 사람들이 모두 전선으로 가게 되는 판이었다. 정교수는 아직도 불안하고 어리둥절한 표정으로 밖을 내다보고 있는 한영덕 교수에게로 손을 내밀었다.

"한선생, 우리 작별인사나 먼저 하자우요. 까다로운 세월에 피차 용케 살아남아야디."

"몸조심하시오."

두 사람은 악수했다. 해방 전부터 아직까지 대학에 남아 있는 사람은 불과 칠팔 명뿐이었는데 신출내기들과는 달리 그들 사이엔 어느 정도의 신의가 있었다. 그들은 상대방이 당에 대해서 어떻게 생각하고 있다는 것까지 대략 짐작했고, 밖으로 나타내지는 않았으나 다른 동료들처럼 일찌감치 이곳을 빠져나가지 못한 자신들의 어리석은 처신에 대해서 서로가 동정하고 있었다.

"명단에서 누락된 사람은 학장실루 오라구 그랬시요."

"알갔습네다."

한영덕 교수는 연구실을 나와 파괴된 본부 건물 뒤에 임시로 지어놓은 세 채의 나무 판잣집을 향해 걸었다. 도중에 그의 젊은 제자 두 사람이 지나치면서 서투르게 경례를 붙였다. 그중의 한 사람은 벌써부터 군복을 갈아입고 있었다.

"선생님은 입대 통지를 안 받았습네까?"

"난 빠젠 거 같소."

"다른 선배 교수들두 다 나가는데요."

"선생님 전공 탓입니다레."

한교수는 형언할 수 없이 답답해지는 마음을 자제하며 억지로 말했다.

"잘 투쟁하구 오시오."

누구와 무엇을 위해서 투쟁을 하라는 건지도 그는 알 수 없었다. 옆으로 지나가는 그들의 얼굴은 한반도 전역에 걸친 군대 보급의 무리에 따른 식량난과 겹친 격무와 쉴새없는 전시 노력동원으로 시달려 거무죽죽하게 그을려 있었다. 성급하게 군복을 착용한 품이 어떤 시련이라도 감당해낼 혈기가 남았음을 과시하고 있는 듯이 보였는데, 그런 종류의 혈기는 달리 본다면 시대의 광기라고나 할 거였다.

팔월 초부터 평양 방송국과 조선 로동당보에서는 인민군이 남한의 모든 지역을 장악했으며 부산을 함락시키는 것은 시간 문제라고 끊임없이 선전해왔다. 한영덕 교수의 부친인 한홍진 목사는 기력이 쇠잔한 몸으로 밤마다 몇몇 충실한 신도들과 같이 밤을 새워 비밀 기도회를 가졌는데, 전 국토를 뒤덮은 이 미친 전쟁이 하느님의 힘으로 그치게 해주십사 하는 취지였다. 팔월 말께로 접어들며 공습이 더욱 치열해져 더이상 평양 시가에는 머물 수가 없게 되어 한교수는 노부모와 아이들을 강서로 소개시키고 집에는 단둘이 남아 있었다. 그는 날마다 저들에게서 제거당할지도 모른다는 공포감에 짓눌리지 않게 되기를 바랐다. 그들은 언젠가는 믿을 만한 애송이들을 교수로 내세울 것인데, 그때 가서는 해방 전부터 남아 있던 교수들은 필요로 하지 않을 게 명백한 일이었다.

공습경보의 사이렌 소리가 여러 곳에서 차례로 들리더니, 폭격기 편대가 날개를 반짝이면서 날아왔다. 거의 전파되다시피 한 평양 시가에서 여전히 불길과 연기가 타오르고 있었다. 한영덕씨는 계단으로 올라가는 게 빨랐지만 전방으로 가는 젊은 수습의들이 둘러서서 주먹을 내흔들며 궐기대회를 열고 있는 곳을 지나기가 언짢았다. 그는 계단 쪽을 피해 비탈길을 오르다가 앞서 걷고 있던 서학준 교수를 만났다. 그들은 평양고보에서부터 평의전을 거쳐 교토대학까지 동창이라 제각기 상대편의 마음을 환히 털어놓을 수가 있었다. 어떤 운명이든 그들은 함께 당할 것을 각오하고 있었다. 서학준 교수가 뒤를 돌아보고 한씨가 가까이 오기를 기다렸다가 속삭이는 거였다.

"어드렇게 돼가는 거가. 우리만 당하는 거이 아니가?"

한씨가 자조적으로 내뱉었다.

"모르갔다. 내레 전공 탓인지."

"학위하구 임상경험이 무슨 상관이 있나 말야."

"나이두 들었디. 팔팔한 아이들이 많은데 우린 개저다 멀 하가서."

"기렇디만두 않아 야. 김박이나 정박들 보라우. 우리 다섯해나 선배 아니가."

두 사람은 서로 똑같은 정도로 불안하고 초조했다. 그들은 위에서 시키는 대로 대학병원에서 진료를 했었고, 의학부 교실에 나가 기계적으로 가르쳤을 뿐이었다. 그러나 한씨와 서씨는 비판회다, 강연이다, 하는 의무적인 정치행사에서 여러 가지 핑계를 대며 빠져왔었다. 여러 가지 제목이 붙여진 인민 궐기대회와 모임투성이였다. 대학 동료들은 열성이 없는 두 사람에게 너희들 자신의 생각을 해서라도 다른 사람에게 피해를 입히지는 말아달라고 말들이 많았다. 그들은 가끔씩 억지로 나가 앉아 그자들의 강의를 듣고 시원찮은 질문도 하고 답변도 하면서 그럭저럭 지내왔었다. 한씨는 태도가 분명하지 않은 자기들의 태도를 저쪽에서 벼르고 있다는 걸 눈치챘다. 선배인 박교수와 한영덕, 서학준 교수의 세 사람이 입영 명단에서 빠져 있었다. 박교수는 그때에 입장이 딱한 형편이었다. 아직은 삼팔선을 용이하게 왕래할 무렵 그의 아내는 막내를 데리고 서울서 관리 생활을 하는 큰아들네로 다니러 갔다가 다시는 돌아오지 못하게 되고 말았다. 전쟁이 발발했으니 여간해서는 만나기가 더욱 어렵게 되었던 것이다. 그의 집에 둘째가 남아 있었으나 전쟁 초기에 군관 후보생이 되어 남포에서 훈련받을 때까지는 소식이 왔었다고 했다. 인민군이 남침을 시작해서 서울을 점령한 뒤에 감감무소식이 되어 그는 노모와 단둘이 평양에 남아 있었다. 그들이 들어섰는데도 박교수는 고개를 숙여 침묵을 지키고 있었다. 의학부 학장이란 자는 소련군 의무장교로 점령군을 따라왔다가 군복을 벗는 길로 당원이 된 자였다. 시대가 시대니만큼, 소련군 출신이기만 하면 사상이나 계급이나 성분에 대한 고려조차 필요 없이 행정의 요직을 차지하던 때였다. 그들이 소위 해방 점령군의 외국 군인으로서 알지도 못했던 모국의 정치권력 체제를 장악하는 데 성공한 것은 너무도 당연한 일이었다. 그들의 조직은 소비에트연방의 실리에 합치되었고, 북한 지방 도처에 남아 있던 무명의 민족주의자들이나 지각 있는 사람들처럼 비판적이고 귀찮지도 않은 심복으로서 소련으로부터 적극 성원받기에 적합했던 것이다. 그들의 정권은 권력구조를 더욱 탄탄히 하기 위하여 갈수록 경화되었고 전쟁을 준비하는 동안에는 더욱 당당하게 압박을 가해왔었다. 의학부 학장은 자기가 중국 공산당 출신인 연안파의 비정규 군대와는 비교가 안 되는 정통적인 소련 적군의 내지파라는 점을 내세웠다. 모스크바에서 교육받은 시절이 있었다는 점도 빼놓지 않았다. 겨우 삼십에 가까웠을까 말까 하는 젊은 사람이 자기보다 십여 년씩이나 연상인 교수들을 노골적으로 경멸했다. 너희들은 앞으로 젊고 투지만만한 당성이 강한 의사들이 교육을 담당하기 전까지밖에는 쓸모가 없는 인간들이라는 투였다.

제국주의적 지식인 근성이니, 고질적 회색 경향이니 하는 상투적인 표현을 쓰며 교수들을 닦아세웠다. 말쑥한 군복을 갈아입고 총과 계급장을 어깨에 붙인 학장이 힘찬 장화 소리를 내며 들어왔다. 그는 엉거주춤 일어나려는 세 사람에게 턱짓으로 끄덕였다.

"아 조쏘, 게 앉으씨오. 나도 서울로 명령이 났으니 아마 헤어지게 되는 모양이오. 의사란 기술 노동자로서 출발점부터 정신 자체가 공산혁명을 실현하는 노동 투사나 애국 전사들을 위하여 희생할 준비가 되어 있어야 하오. 지금 해방전선에서는 우리 인민군대가 피를 흘리며 싸우구 있소. 전선에서 의사를 필요로 하는 것은 조국 해방을 조속히 실현하기 위해 다친 전사들을 다시 싸우게 해주자는 게 아니겠소? 국가는 모든 업무에 종사하는 동료들을 필요로 하지만, 전시의 의사 동무들은 몇 배로 필요하오. 우리가 이런 이유로 총동원령에 앞장서야 함을 잘 알 거요. 그런데 어찌해서 동무들이 그 대열에서 빠지게 되었능가…… 서동무, 이유를 알문 말해보시오. 대답을 안 하는 건 아직도 잘못을 깨닫고 있지 못하다는 거요. 성분 검토와 평상시의 정치투쟁 경력 등으로 평가해서 동무들은 의무군관으로 애국전선에 내보낼 자격이 없다는 결론이 내려졌소. 당은 동무들에게서 교수 자격을 박탈하고 노동전선으로 보내라고 했지마는 오랫동안 제국주의적 교육을 받아온 동무들의 정상을 참작해서 내가 중앙당으로 탄원했소. 오늘 그 명령이 내려왔는데 동무들은 인민병원에서 근무하라는 발령이 났소. 지난날을 거울삼아 더욱 분발해서 당에 이바지하시오. 오늘은 일단 돌아가고, 내일부터 병원에 나가서 침식하며 인민들에게 봉사할 각오를 하시오."

중앙인민병원이란 옛날 평양도립병원의 새로운 명칭이었다. 일부는 파괴되고 몇 채만이 남아 있었지만 언제 도괴倒壞될지 모를 노후한 건물이었으므로 병동으로 사용할 수도 없었다. 건물 주위에다 천막을 치거나 벙커를 만들고 땅 밑에서 진찰과 치료를 하고 있는 형편이었다. 남아 있는 의사들 거의가 단기 교육을 받은 자들이라 의료 수준이 한심하게 낮았고, 보조원들도 한창 일할 수 있는 건강한 자는 모두 전선으로 보내어 이름만 병원일 뿐이었다. 연이은 폭격과 전염으로 늘어만 가는 환자들 때문에 한영덕 교수와 서학준 교수는 서너 시간밖에 자지 못하고 코피를 쏟으면서 일했다. 몇 명의 의사가 약품도 제대로 없고 의료기구조차 거의 없다시피 한 병원에서 천여 명의 환자를 진료해야 됐었는데, 중태인 환자는 그냥 방치해서 죽어버리는 경우도 많았고 치료라는 건 대개 형식적인 데 지나지 않았다. 당에서 제일 깨끗한 병동 하나를 분리시켜 당원과 그

가족을 위한 특병동을 마련했던 이유가 바로 거기에 있었다. 교수급인 한씨와 서씨가 특병동의 담당의로 근무하게 되었고 두 사람의 감시 역으로 젊은 의사가 응급실을 맡았다. 그들과 같이 총동원령에서 제외되었던 박교수는 불행하게도 의주 쪽으로 끌려갔다는 말이 나돌았다.

두 사람이 인민병원에서 근무한 지 이십 일쯤 지나, 낙동강 전선의 인민군이 완전히 참패하고 서울을 빼앗긴 뒤 계속 북으로 쫓겨 올라오고 있다는 소문이 들렸다. 그로부터 평양의 분위기는 더욱 살벌했으며, 가두검문과 가택수색이 심해졌다. 폭격과 식량난으로 시달리는 평양에서는 그 무렵에 티푸스가 발생했고, 무서운 위세로 창궐하기 시작했다. 면역혈청은커녕 항생제 한 가지 변변히 없는 터에 교육받은 방역 요원조차 모자라 원시적인 예방 요법으로 막는 것도 어려웠다. 환자들이 곳곳에 밀어닥쳐 부서진 병원 건물의 그늘진 처마밑이나 뜰 위에 그대로 던져졌다. 비상수단으로 식염수와 링거 정도를 조제해서 부족한 화학약품과 대치하는 수밖에 별도리가 없었다. 신체가 본래부터 튼튼하던 환자들을 자기 체력으로 이겨내도록 도와주는 일이 의사가 할 수 있었던 최선의 치료 방법이었다. 여자나 아이들은 고열과 장출혈을 일으켜 발병 중기에 모두 죽어갔다. 부상당한 사람이 감염까지 된 경우엔 대개 발열하는 초기에 죽었다. 입술이 허옇게 말라붙고 복장이 부어오른 환자들이 옆으로 지나쳐가는 의료원들의 바짓가랑이를 꼭 붙잡고 살려달랄 때에는, 의사 쪽에서 오히려 죽는소리로 실정을 설명해야 되었던 것이다. 자기가 내지른 대소변을 질펀히 깔고 누워 눈만 멍청히들 뜨고 있는 수백 명의 감염 환자들은 마치 악령들처럼 보였다. 의사들은 극도로 피로한 몸과 절망감 때문에 거의 살아 있는 느낌이 아니었다. 어떤 때엔 환자들 틈에 끼여 앉아 정신없이 졸다가 놀라서 깨어나는 때도 많았다.

시월 칠일에 국군이 개성을 넘어섰다는 소식을 듣고, 서학준 씨는 지옥과 같은 병원에서 빠져나가기로 결심했다. 그는 하루 종일 특병동 안을 이리 뛰고 저리 뛰면서 열심히 일하는 척하다가 초저녁에야 한영덕씨를 찾아보았다. 서학준씨가 조수에게 물으니 그는 겁을 먹은 얼굴로 또 보통병동에 나갔을 거라고 대답했다. 그들은 너무도 바빠서 며칠씩이나 말 한마디 건네지 못할 정도였는데, 그럴 시간이 남아 있었으면 단 몇 분이라도 아무데나 쓰러져 눈을 붙여보려 했을 것이다. 한교수는 억지로라도 틈을 내어 의사의 손길이 거의 닿지 않는 보통병동에 나가 전염병 환자와 응급환자를 돌보곤 했다. 당원인 원장이란 자가 특병동에 한씨가 없을 때마다 그를 불러오라고 얼굴을 붉히며 호통을 쳐대는 거였다. 원장의 의견은 정수의 애국

인민과 평양의 행정에 종사할 사람을 치료하기에도 일손이 모자란다는 것이었으나, 한교수는 여전히 보통병동으로 나가 진료를 했다. 그의 부친이 평양에서 고명한 감리교 목사였던 탓으로 일반 환자 중에 안면 있는 사람들도 많았던 모양이었다. 뿐만 아니라 실상은 그들 중에 위급한 환자가 더욱 많았다. 특수층은 대개 안전한 곳에 피신들을 하고 있었으므로 공습의 피해가 비교적 덜했기 때문이다. 서학준 교수는 들끓는 환자들의 어느 구석에 한교수가 처박혀 있는지 도저히 찾아낼 엄두가 나지 않았다. 반시간 넘어 헤매다보니 그는 태연하게 빈 방공호 안에서 수술 준비를 하고 있었다. 복부 파편상을 입은 열서너 살짜리 계집아이가 방공호 밖에 뉘어져 있었다. 한교수는 보병동에서 낮이 익은 간호원과 중년의 조수와 함께 있었다. 서학준 교수는 그들이 밖으로 나가기를 기다렸다가 한교수의 귓가에 입을 대고 재빨리 소곤거렸다.

"야, 급하게 돼서. 빠져나가지 않을랸? 네 처랑 데빌구 강서루 가자우."

"덤비지 좀 말라. 시자 위험이 닥칠 리두 없지 않네."

간호원과 조수가 환자 아이를 옮겨오는 동안 서씨는 입을 다물고 기다렸다. 한씨의 눈이 붉게 충혈되어 있었고 얼굴까지 부석부석했다. 그들이 환자를 어둠침침한 방공호 속으로 끌어

내린 것은 남의 눈에 띄지 않게 하기 위해서였다. 수술대 대신에 이어놓은 세 개의 나무의자 위에 계집아이를 운반해다 누이자 간호부가 아이의 옷을 모두 벗겨버렸다. 그들에게서 경계의 시선을 떼놓지 않으며 서교수가 말했다.

"덤비는 거이 아니라 사정이 정 급하게 돼서. 너 모르구 있댄? 국군이 삼팔선을 넘어서야, 정신 똑바루 채리라우."

서교수는 주위를 둘러보고 나서 침을 삼켰다.

"나 오늘 빠제나가가서."

"정신 나갔구나이? 기런 생각 앳쎄 버리라우 괘난이…… 저 밖엘 좀 보라. 몇 사람인가 헤보라우."

한교수가 아이를 진찰하며 말했다. 벌거벗겨진 아이의 사타구니 위에서부터 명치끝까지 부어올라 피부가 온통 반들반들 윤을 냈다. 찌르면 폭발해버릴 듯이 부푼 아랫배 가운데 꽃무늬 형상으로 갈라진 상처에서 피와 체내 분비물이 흘러내리다 말라붙어 포도알만한 크기의 종양을 이루고 있었다. 서학준 교수는 그를 설득시켜보려고 애를 썼다.

"병원두 옮길 거 아니가, 자꾸만 북쪽으루 끌레다니다보문 우린 영영 빠제나가디 못하구 말아요. 날래 숨어버리는 거이 상책이갔다. 가족들 데빌구 강서 과수원에 숨어 있가서."

"이놈의 세월에 숨어서 너만 살갔다구 하누나."

"기쎄 한 니 주일쯤 혼자서 숲이나 들판에 땅굴을 파구 숨어 있으문 큰 고비는 넘을 거이야. 막판 가보라우. 저자들이 뉘시깔에 머 보이는 거이 있을 줄 아네? 특히 우릴 젤 먼저 잡아죽일 거이야."

"난 여기 남갔다. 환자가 있는데 의사를 죽이기야 하갔니…… 머 죄진 게 있어야디."

아이가 몸을 떨며 연약하게 신음소리를 내고 있었다. 수술하지 않고 버려두면 두 시간도 못 갈 만큼 위독했다. 한씨는 서씨가 애가 닳아 기다리는 꼴은 본체만체하고 간호원을 시켜 취사실에서 숯을 얻어다 구멍 뚫린 깡통에 불을 지피고 양재기에 물을 끓이도록 했다. 수술 준비를 서두르고 있는 한교수에게 서학준 교수가 마지막으로 보챘다.

"넌 사람이 왜 기렇게 각 맥혔니 야. 내가 없어지문 넌 고초를 당할지두 모른다. 속쎅이디 말구 가자우."

"싫다는데두 기래."

한영덕 교수의 대답이 완강하고 한결같았으므로 서교수도 포기하는 수밖에 별도리가 없었다.

"에이 모르갔다. 네 처는 나를 원망할 거이야. 난 가가서. 뒷길루 해서 기자묘 송림에 숨었다가 어두워지문 집에 들르가서. 묻거든 말이디 다른 말 할 거 없이 못 봤다구만 글라."

"오 기래, 잘 숨어 있다가 나중에 만나자우. 창빈이 에미두
좀 데레가달라. 내 걱정은 조금두 말구, 부모님이나 모시구 있
으라구…… 안부두 전하라."

"나중에 후회 말구 같이 가자는데두 고집이구나 야. 속없는
사람 같으니."

서학준 교수가 몇 번이나 뒤를 돌아보며 방공호 밖으로 뛰
쳐나갔다. 수술은 해야겠으나 한교수에겐 약품이며 기구가 아
무것도 없었다. 조수가 가운 주머니에 넣어갖고 나온 옥도정기
한 병, 한씨가 보병동으로 나올 때마다 갖고 다니던 날이 무딘
메스와 수술 가위가 그 전부였다. 소독용 끓는 물이 얹힌 깡통
풍로를 열심히 불어대고 있는 간호원에게 한교수가 말했다.

"지혈겸자하구 마취제를 얻을 수 없을까?"

"마취제 같은 건 벌써 동이 났지요. 살레만 내문 다행이디
요. 고통보담은 사는 게 나을 거야요."

"생살을 쩰 수야 있갔나."

"붕대나 거즈 같으문 제게 준비해 개진 게 있시요. 보병동에
서 수술할래문 원장 동무 허락 아래 하지 않구는 아무것두 타
내올 수가 없디 않아요."

"특병동 응급실에 들어가서 슬쩍 집어갖구 나오문 되갔는
데……"

간호원이 안타까워하는 몸짓을 하며 발을 구르는 것 같았다. 여자가 정색을 하고 말했다.

"조수 아저씨랑 저는 선생님을 존경하구 있시요. 시키시는 일은 머든지 해요. 무슨 수술이든지 끝까지 도와드릴 거야요. 기러티만 원장 동무 지시에 어긋나는 일만 연거퍼 해내다가 들키는 날엔……"

여자의 말끝에 울먹임이 섞이고 눈에 물기가 가득 괴었다. 한교수는 그제야 간호원의 나이가 열여덟 이상은 안 넘었을 거라는 추측이 들었다. 어린 간호원이 말했다.

"제 언니나 오빠들이 모두 입대했디만 저는 간신히 빠졌시요. 날이 갈수록 사정이 험악해지는 거야요."

"조금만 손쓰문 저앤 살 텐데…… 그냥 버려뒀다간 죽어요. 아 좋아, 내가 가져오겠소."

한교수가 특병동 응급실에 들어가보니 젊은 의사는 한창 진료에 눈을 팔고 있었다. 소이탄이 떨어진 곳에서 작업하다 화상을 입은 듯한 칠팔 명의 소방대원들을 치료하느라고 그는 정신이 없었다. 상처가 별로 심하지는 않았던지, 그들은 치료를 받으며 서로 얘기를 나누고 있었다. 한씨는 재빨리 핀셋과 지혈겸자를 먼저 집어내어 포켓 속에 떨어뜨려 넣었다. 약품고 안에도 마취제는 역시 없었고 모르핀이 약간 남아 있을 뿐이었다. 급한 대로 약병을 움켜 넣는데 젊은 의사가 고개를 삐죽이 내밀고 넘겨다보았다.

"한동무 멀 하십네까?"

그는 특히 한교수가 응급실 안에 들어선 게 눈에 띄었던 모양이었다. 한교수는 조수라도 대신 보낼걸 하며 후회했다.

"위독한 환자가 들어왔소. 딴 데서 벌써 수술을 개시했기 땜에…… 급한 김에 몇 가지 기구를 가지러 왔소."

그는 빙긋이 웃으며 한교수를 빤히 쳐다보았다.

"여기 데레다 하문 되잖아요."

"옮기기가 위험한 환자라서……"

"멀 그러십네까. 거 또 보병동 환자구만요. 보병동 쪽으루 기구를 내갈래문 차용증서 한 장 써주셔야 합네다. 위급한 군당원이나 가족들을 위해 기구를 확보해놓으라는 원장 동무 명령인데, 나중에 귀찮대는 걸 잊디 마시라요."

한교수는 못 들은 체하고 응급실을 총총히 빠져나왔다. 파편 창상으로 급성 복막염의 합병증까지 일으킨 계집아이의 환부에서는 벌써 썩는 냄새가 고약했고, 거의 빈사 상태에 이르러 있었다. 조수가 용케 탈지면과 크레졸을 구해가지고 헐떡이며 돌아왔다. 중년의 조수는 불안한 눈을 두꺼운 안경알 속에서 연방 굴리며 구해온 물건들을 꺼내놓았다.

"선생님, 빨리 시작하시디요."

간호원이 붕대와 거즈를 차곡차곡 접어놓고 끓는 물속에 기구를 담갔다. 그들은 한교수와 같이 이런 식의 은밀한 수술을 일주일에도 두어 차례씩 치러왔던 것인데, 이젠 일일이 지시하지 않아도 능숙하게들 해냈다. 한교수가 말했다.

"간호원, 고무줄과 바늘 실이 있으문 소독 좀 해두시오."

"고무줄이라뇨?"

"여자니까 고무줄이 있을 텐데. 크레졸에 씻어서 준비해놔요."

간호원의 얼굴이 새빨개졌다. 한교수는 마취제가 없는 대신 고통이나 덜 당하라고 야전용 모르핀 약간을 아이의 피하에다 주입해주었다. 옥도정기로 환부를 말끔히 닦은 다음, 메스를 들어 한 뼘쯤 곧게 내리찢었다. 아이가 꿈틀 움직이고 사지를 연약하게 내젓다가 곧 늘어졌다. 물이 가득찬 가죽부대가 터져 벌어지듯 상처 자리가 활짝 입을 벌렸다. 간호원과 조수가 한교수의 옆에서 절개한 부분의 핏줄을 세밀히 찾아 지혈겸자로 묶어놓고, 피를 닦아냈다. 고무줄을 끼워넣어 복강 속에 가득 찬 체내 분비물과 오수를 모조리 뽑아내고 장 부근에 잔뜩 끼어 있는 고름을 거즈로 일일이 씻어냈다. 황적색 장의 일부분이 부어올라 검붉게 변색되어 있고 그 가운데 엄지손가락이 드니들 만한 구멍이 뚫려 있었다. 구멍 속에 틀어박힌 파편을 한교수가 핀셋으로 집어올렸다. 날카로운 날이 사방에 달린 무쇠 조각이었다. 그들의 등뒤에서 요란한 발소리가 들렸고 특병동의 조수가 방공호 안으로 상반신을 굽혀 들여다보며 외쳤다.

"한동무, 특병동에 위급한 환자가 생겼시요. 원장 동무가 직접 나와보구 야단났습네다레."

"여긴 더 위급한 환자가 있소. 수술중이라 꼼짝할 수가 없소."

한교수는 나지막한 의자에 누운 아이의 몸에 얼굴을 바짝 갖다대고 뒤도 돌아보지 않았다.

"서동무도 어디루 갔는지 자리를 비웠시요. 지금 사방으루 찾아댕기멘 법석이래두요."

"끝나면 곧 가갔다고 전하시오."

"다 알아서 하시갔디만…… 가서 보고를 하디요."

한영덕 교수가 밖의 왁자지껄하는 소리에 주의를 돌리고 나서 옆에 섰는 두 사람에게 속삭였다.

"간호원과 조수 두 분은 빨리 나가시오."

간호원이 말했다.

"우리가 어케 손써볼 테니 선생님 날래 가보시라요."

한교수는 그들의 등을 밀어 내보내고 침착하게 바늘귀에

실을 꿰었다. 재봉실에 보통 바늘이었지만, 별로 손색이 있을 것 같지는 않았다. 거친 음성과 구둣발 소리가 다가왔으나 그는 첫 바늘을 꿰어 실이 팽팽해질 때까지 살포시 잡아당겼다. 방공호의 통로를 몸 그림자로 가리고서 원장이 성급하게 소리쳤다.

"뭘 하구 있는 거요?"

한교수는 봉합 부분을 잘 살피기 위해 아이의 몸 가까이 무릎을 꿇었다. 방공호 안의 어둠에 눈이 익은 원장이 그 광경을 들여다보고 어처구니없다는 듯 혀를 찼다.

"까짓, 애들은 또 낳는 거요. 지금 경무원이 기총소사의 관통상을 입구 피를 흘리는데 이런 따위 일에 시간을 낭비하기요?"

한영덕씨는 침착하게 바늘을 들고 섬세한 솜씨로 장의 천공 부위를 꿰매어나갔는데, 경험 많은 외과 전문의에 못지않은 훌륭한 솜씨였다.

"관통상은 압박붕대 처리만 해놓으면, 몇 시간이라두 견딜 수 있습니다."

지혈겸자를 떼어내고 혈관을 묶는 동안 피가 그 작은 몸에서 샘처럼 솟구쳐 한씨의 손과 방공호 바닥을 적셨다. 원장이 분개한 어조로 말했다.

"고발하겠소."

"좀 비켜주시오. 어둡습네다."

한교수의 이마에서 땀이 솟아나 볼을 타고 줄지어 흘러내렸다. 그는 마지막 부분의 봉합을 끝내고서 얼굴을 들었다. 호의 통로에서 잔광이 비껴 들어왔다. 싱싱하고 아름다워 보이는 나무들의 건강한 잎새 사이로 석양이 물발처럼 퍼져나와 여기저기 누운 환자들의 몸 위를 적시고 있었다. 그는 두 손바닥을 벌려 눈앞에 갖다댔다. 피가 검게 말라붙은 손톱이며 손가락 틈을 뚫고 햇빛은 여전히 쏟아져들어왔다.

그들은 잠적해버린 서학준 교수의 행방도 추궁했으나 한교수는 입을 굳게 다물었다. 한씨는 지하실에 일주일 동안이나 갇혀 있었다. 하루에 한 번씩 이층의 깨끗하고 밝은 방에 불리어가서 조사를 받았다. 그 방은 벽이 온통 희게 칠해져 있었고 매일 다른 심문자가 두 사람씩 교대로 기다리고 있었다. 한교수는 축축한 냉기 속에서 밤을 지낸 다음 아침마다 그 방으로 끌려가면서 자기가 예상외로 침착한 것에 놀라곤 했다.

층계 위에 실물보다 다섯 배는 커 보이는 스탈린과 김일성의 초상화가 붉은색 천을 배경으로 걸려 있었는데 그들은 거의 비슷한 모습으로 차갑게 웃고 있는 듯했다. 한영덕씨는 자기가 어쩌면 이 방에서 일생을 보낼지도 모른다는 착각에 빠지기도 했다. 육체란 정직했으므로 고문을 당하면 차라리 죽음이 와서 고통을 멎게 해주기를 바라는 거였으나, 한참 뒤에는 또 한번 참아낼 수 있다는 고집이 생기곤 했다. 그들은 매일 비슷비슷한 질문과 답변을 주고받았다. 재판은 없었고 심문은 길었다. 몇 장의 서류와 함께 한영덕씨는 평양형무소로 옮겨졌다. 각 전선의 인민군 사단은 완전히 전투력을 잃어버리고 제대로 접전조차 못한 채 후퇴해 올라왔다. 시월 십사일 당 산하의 근위대가 감시군으로 조직되어 평양 남방으로부터 겹겹으로 방어선을 형성하고 패잔병들을 정리하여 다시 전선으로 밀어 내보냈다. 십육일 저녁 감시군의 일부인 평양 근위여단의 일개 중대 병력이 형무소를 인계받고 다음날 새벽에 처형이 개시되었다. 제일 먼저 포로 된 군인으로부터 시작해서 민간인들은 다섯시쯤 어슴푸레하게 날이 밝을 무렵에 끌어냈다. 전선이 거의 다가왔는지 포성이 매우 가까워져 있었고, 소총 사격의 소리마저 간간이 들려왔다.

한영덕씨는 마지막으로 끌려나가는 민간인들의 행렬에 끼어 있었다. 삼십여 명의 사람들이 모두 한 줄로 묶이어 야산으로 올라갔다. 발목을 스치는 풀숲의 이슬이 무척이나 차가웠다. 그들이 도착한 곳은 두 구릉의 밑뿌리가 합쳐져서 이룩된 비교적 널따란 저지였는데, 키 작은 관목의 숲이 있었고, 뒤에는 흙과 바위가 노출된 언덕이 막아서 있었다. 아침놀이 건너편 들판 위의 하늘에 점점이 번졌으며, 허리쯤까지 낮게 드리워진 안개가 지면을 기어다니고 있어 사람들의 상반신이 유령처럼 떠다니는 듯이 보였다. 그들을 트럭에 태워온 인솔자가 처형조에게 인계했다. 새벽 공기가 제법 싸늘했지만, 인민군 상위인 처형조장은 웃통을 벗어버리고도 땀을 흘리고 있었다. 그는 도대체 언제쯤 철수 명령이 날 것인가고 초조해하며 죄수들에게 욕지거리를 퍼부었다. 죄수들은 공터의 끝 쪽 언덕 바로 밑에 삼 열 횡대로 세워졌다. 그들은 공터에 이르러서도 최후까지 설마 나를 쏠 것인가 하는 기대를 버리지 못한 표정이었다. 그러나 자기네 뒤에 새로 파헤쳐진 구덩이의 축축한 흙이 벌겋게 드러나 있는 걸 보고는 이제 피할 수 없다는 사실을 수긍했다. 포성이 계속 들려왔으며, 둔중한 포성의 울림을 뚫고 날카롭게 우짖는 풀벌레들의 울음소리가 빈터를 가득 채우고 있었다. 구덩이 안은 잘 보이지 않았으나 얽힌 덩굴들같이 지면 위로 삐죽이 솟아나온 다리나 손이 보였다. 그들은 모두 전홧줄로 손목을 뒤로 돌려 묶인 채 삼 열 횡대로 정렬했는데 단체사진을 찍는 듯한 대열이었다. 전열은 땅에 주저앉히고, 중간 열은 무릎을 꿇었으며 후열은 세워졌다. 상반신이 벌거숭이인 조장이 권총 탄창을 철컥 끼워넣고 나서 단조롭게 구령을 내질렀다. 불규칙한 쇳소리들이 들려왔다. 한영덕씨는 가운뎃줄에 꿇어앉아 있었다. 그는 갑자기 허전하게 비워진 등판 쪽을 느꼈고, 단단한 바위라도 짊어지고 싶었다. 그에게는 지금의 미명이 무척이나 길고 더디다고 생각되었다.

"분대 겨눠 총."

열둘의 총구가 새벽빛에 날카롭고 차갑게 반짝이며 눈앞을 막아섰다. 풀벌레들의 울음소리가 일시에 요란해진 듯하였다.

"사격!"

총성이 일제히 울렸다.

*

가족들을 강서 읍내에서 멀리 떨어진 마을에다 피난시켜놓고 서학준씨는 계사로 쓰던 빈 헛간에서 숨어 지내고 있었다. 헛간에 키가 넘도록 볏짚단을 쌓아올리고 그 가운데 숨어 지낼 만한 구멍을 만들었다. 제작 연도는 오래되었으나 성능이 좋은 미제 하꼬 라디오가 있어서 서씨는 유엔군 사령부의 발표를 하나도 빼놓지 않고 들을 수가 있었다. 십팔일 오전부터 평양 방면에서 치열한 전투가 벌어지고 있는 듯한 총성과 폭격 소리가 들려왔으며, 그날 밤에 대량 검거의 선풍이 강서읍을 휩쓸었다. 그들은 구장을 앞세워 가가호호마다 뒤졌고 그 지방 사람이 아닌 듯한 남자는 모조리 잡아다가 처형해버렸다. 서교수가 숨어 있는 헛간에도 두 명의 수색조가 찾아와 대검으로 볏짚단을 푹푹 쑤셔보다가 돌아갔다. 서씨는 짚을 입속에 한 움큼 처넣고 숨소리를 죽여 간신히 위기를 모면했다. 이튿날 평양이 국군에 의하여 완전히 장악되었다는 뉴스를 들었으나 서학준 교수는 마음이 놓이질 않아서 잠잠해질 때까지 계속 숨어 지냈던 것이다. 강서에도 국군들이 밀어닥쳤다는 걸 알고 나서야 그는 서둘러 마을로 돌아갔다. 그의 가족은 모두 무사했으나 한교수의 부친 한홍진 목사가 군청 뒤뜰에 끌려가 학살을 당해버린 거였다. 군청의 십여 미터나 되는 우물 안에 시체들이 차곡차곡 쌓여 있었는데, 건져낸 한목사의 시체는 벌거벗겨진 채 여러 군데에 낫으로 찍힌 상처가 보였다.

서학준씨의 집은 폭격에 타버려 주춧돌과 숯이 된 나무기둥 몇 개만이 남았고, 동네가 하나의 커다란 폐허로 변해 있었다. 평양역 부근에서 바라보면 신시가의 거의가 파괴되어 도시 전체가 잡동사니의 쓰레깃더미로 보였으며, 그것은 정말 잔혹한 때의 새로운 도시로서, 다시 세워지기 위해 거대한 발자취가 지나간 듯하였다. 아낙네들이 타버린 집터에 쭈그리고 앉아 쓸 만한 가재들을 주워내고 있었는데, 남자들은 아끼던 물건들을 떼메고 식량과 맞바꾸기 위하여 교외로 밀려나가고 있었다. 집을 잃은 서교수는 가족을 데리고 폭격이 한결 덜했던 시 외곽의 한교수 집으로 찾아가보았다. 한씨가 처형당했다는 소문을 들은 그의 처는 이불을 덮어쓴 채 울고 있었다. 서교수는 좀 더 자세한 소식을 알아보려고 국군이 접수한 도립병원으로 나가보았다. 몇몇 간호부와 조수들이 남아 있었기에 그의 뒷소식을 물었으나 모두 고개를 젓는 거였다. 국군이 접수한 병원의 호전된 상황을 목격하고 서씨도 군의관으로 입대할 결심을 즉석에서 하게 되었다. 조건이 좋은 일터에서는 자기가 가진 실력을 충분히 발휘할 테니 일하는 보람도 느낄 것이며, 더욱 중요한 것은 서씨 자신과 가족의 신분이 안전하게 보장되리란 점이었다. 서교수가 군의관 입대에 관한 절차를 자세히 알아보고 집에 돌아가니 뜻밖에도 한영덕씨가 돌아와 누워 있는 것이었다. 그의 평고 후배 되는 사람이 업어 날라왔다는 얘기였다. 한교수의 왼쪽 귀 옆에 가느다란 탄환의 찰과상이 있었을 뿐 전신이 말짱했다. 처형된 날 오후쯤에 한씨는 몸이 무겁고 숨이 답답해서 고개를 쳐들어보니 하늘이 보이더라는 거였다. 썩는 냄새가 지독했고, 그의 얼굴에도 파리떼가 달라붙어 있었다. 해만 높다랗게 떴는데 사방이 고요해서 그는 이제 자기 혼자 살았다 하며 구덩이를 기어나오니, 몇 사람이 자기와 똑같이 기어나와 숲으로 숨는 게 보였다. 한씨도 숲을 향해 줄기차게 기어서 갔는데 몸이 제대로 듣질 않아 걸을 수가 없었다. 숲속에서 하룻밤을 지내고, 그는 부근에 있는 후배의 집을 기억해내어 어둡자마자 내려가 그 집 담을 넘었다. 그런 식으로 살아나온 사람이 평양에서도 몇 명 안 되었는데 모두들 천행이라고 혀를 찼었다. 서학준씨가 군의관 입대에 관한 뜻을 한씨에게 넌지시 비쳐보았으나, 그는 죽을 고비를 넘기고 혼이 나서였던지, 아니면 배짱이라도 늘었는지 한마디로 거절해버리는 것이었다.

"내레 생각두 해본 적 없다 야. 어느 켠이든 전쟁을 돕는다는 명목으로 신분보장이나 바라는 짓은 못하가서."

서학준씨는 사리판단에 밝은 자기의 충고를 한영덕씨가 번번이 거절했을 때마다 친구를 굳이 납득시키려 하지 않았다. 한씨의 태도가 세상살이에 불리한 건 틀림없지만 그 무렵엔 드문 고집으로 여겨졌기 때문이었다.

*

전쟁이 계속되는 동안 겨울은 재빨리 찾아왔고, 겨울이 깊어갈수록 우울하고 어두운 소식만이 들려오기 시작했다. 지친 사람들의 마음은 고향에 대해 느꼈던 환멸을 보상해줄 아무 곳이라도 막연히 그려보게 되었으며, 막상 모든 것이 되풀이될지도 모른다는 불안을 느끼자 보다 더 형편이 나은 쪽을 찾아 하나둘씩 집을 버리기 시작했다. 환경이 적합해질 때까지 물러갔다가 다시 돌아가는 것은 물론 생명의 뜻이었고, 따라서 집을 동네를 고향을 토지를 자기 자신까지도 적응하기 위해 버릴 수만 있다면 내팽개치고 싶었다. 그러나 그들은 뒷날에 모두들 한결같이 얘기하게 되었는데, "길어도 한 달쯤이면 모든 게 끝나 되돌아갈 줄로 알았다"는 것이었다.

십이월의 강바람이 매섭게 불어왔다. 대동강에는 살얼음이 뽀얗게 덮여 있었다. 교각과 아치만이 남은 철교 위에 피난민들이 하얗게 기어올랐다. 새벽부터 계속된 피난민들의 도강은 오후가 되어서도 끊이질 않았는데 실족해서 떨어져 죽는 사람들도 있었다. 한영덕씨는 감히 아치 위로 기어오를 엄두도 내지 못하고 모친과 처자를 데리고 강안에 서서 구경만 할 뿐이었다. 그의 모친은 쇠약한 몸을 가누지 못한 채 모랫바닥에 이불을 들쓰고 앉아 있었다. 추위와 찬바람에 못 견딘 그의 모친이 고개를 흔들며 말했다.

"얘야, 난 안 가갔다. 너이들이나 날래 떠나라."

한씨 모친은 자기가 따라나서야 그들의 짐만 될 뿐이라고 판단한 거였다.

"오마니, 기달레보자우요. 사람들이 많이 줄긴 했시요."

"아니다, 난 집으루 돌아가갔다. 네 아부님 묘지를 뒤두구 갈 수야 없지 않갔네. 늙은 거이 염치없이…… 살라구만 하누나."

"기쎄 쓸데없는 말씀 하디 마시래두요."

"멫천 리나 가야 할디 모르갔구나. 페양을 떠나 내가 가문 얼마나 살갔네."

한영덕씨는 입을 꾹 다물고 흐려진 눈으로 강 건너 들판 위에 밀려가고 있는 사람들의 끝없는 행렬을 바라보았다. 곁에서 어른들의 말을 귀담아듣고 있던 열일곱 살짜리 맏아들 창빈이가 한씨에게 조심스럽게 말참견을 했다.

"아부님은 할머닐 맡으시구요, 전 오마닐 맡가시요. 현자레 동생을 업구요, 온 가족이 꼭 부테잡구 건너가자요."

한씨는 오버 주머니에 두 주먹을 찌르고 묵묵히 강 건너편을 바라보기만 했다. 정말 몇백 리의 겨울 길을 걷게 될지도 모른다. 아이들과 처는 문제없겠지만 쇠약한 모친께선 얼마 못 가 지쳐 쓰러질 것이다. 그러면 노상에서 돌아가시게 될지도 모르는데, 차라리 집에 편안히 계시는 게 나을 게다. 중공군이 내려온 것은 잠정적인 일일 게요, 연합군도 곧 돌아올 것이다. 비록 생각은 다르다 해도 같은 땅 안에서의 싸움이 일 년 이상을 끌 것 같지는 않았다. 혼자 오랫동안 생각에 잠겨 있던 한영덕씨가 그의 아내를 곁으로 불렀다. 그는 아이들이 듣지 못하도록 낮은 목소리로 아내에게 일렀다.

"오마니 뜻이 저러시니 앳쎄 잘돼서. 강추위에 길바닥에서 고생하시느니 임자가 집에서 모시구 있으라. 메칠 후문 다시 들어올 거인데 괘난히 나가 고생할 거야 없디 않가서."

그의 아내가 눈시울을 붉히고 입술만 깨물고 섰다. 대답 없이 등에 업은 두 살짜리 막내아이를 추스르고 섰는 한씨의 처에게 현자가 뭐라고 묻고 나선 대략 눈치를 챘는지 제 오빠에게 단호하게 말했다. 창빈이가 대들 듯한 얼굴로 한마디했다.

"아부님, 전 군관 훈련을 받구 있댔으니끼니, 저 사람들이 돌아오문 전장으루 나갈 거야요. 딸레가지 못하게 해두 전 홈자라두 가갔시요."

"네레 오마닌 어카갔네 야. 다 끝난 전쟁이라구 모두들 글디 않던?"

"죽어두 함께 죽자우요. 어드렇게 그냥 보멘 헤디나요. 난두 이전 어른 한몫아친 할 수 있시요."

창빈을 뒤이어 현자도 울음을 터뜨리며 졸라댔으나, 한씨는 짐짓 화를 벌컥 내는 체했다.

"안 돼! 내 혼자 댕겨올라. 피난두 돈 개져야 한다. 지금 우린 이불 보따리밖엔 없시요. 나가서 굶어죽으문 멀 하간, 살라구 가자는 거 아니가?"

아내가 말했다.

"여보, 어케 생짜루 혜디갔소. 오마님두 당신이 잘 말씀디레서 모셔가자우요."

"한 사날 노숙하단 돌따온다는데두……"

그는 짐꾸러미에서 왕진 가방 하나만을 뽑아 옆구리에 끼고 둑길을 따라 걷기 시작했다. 헐벗은 산으로 들로 대동강의 살얼음 위로 싸락눈이 내려앉고 있었다. 한씨의 모친이 이불을 더욱 깊숙이 쓴 채 손만을 내놓고 저으며 소리쳤다.

"잘 댕게오라잉, 기래, 어서 가라…… 가래두."

"예, 곧 돌아오갔시요."

창빈이와 현자가 그의 뒤를 바짝 좇았고, 아내는 모친과 한씨를 번갈아 살피다가 멀찍이 따라오고 있었다. 얕을목을 찾아 상류로 올라가는 사람들이 둑 위를 드문드문 걷고 있었다. 그는 부딪쳐오는 눈바람 때문에 등을 돌리고 걷기도 하다가 멈춰섰다.

"에미나이 거 정, 말 안 듣네그래. 아이들 데빌구 못 가가서?"

"사람 일을 누구레 알갔시요. 우리두 딸레갈 거야요."

"도와, 난 안 가가서. 페양으로 돌따가자우."

"기럼 저 사람들이 그냥 놔둘 거 같습네까?"

"어카간. 죽으문 내 혼자나 죽지 않간? 이거 보라, 거저 메칠 동안만 나갔다 오문 될 거이야."

"맘대루 하시라요. 건너는 데까지만 바라다드리갔시요."

한씨는 걷는 도중에 가끔씩 뒤를 돌아보았다. 부지런히 따라오는 아내의 몸은 눈발 속에 잦아들고 거뭇거뭇한 머리 위에 싸라기가 하얗게 앉았으며 얼굴에도 흩날려, 가느다랗게 점묘로 그려진 그림 같았다. 아내의 앞에 펼쳐진 흰 여백을 보노라니 그는 문득 불안하게 온몸이 죄어들고 가슴께가 무둑하게 치미는 거였다. 눈발을 헤치며 두 아이들과 함께 앞서거니 뒤서거니 쫓아오고 있는 아내의 모습은 실체 같지가 않았고, 퇴색해버린 한 장의 옛 사진처럼 느껴졌다.

그들은 거센 물결에 으깨진 살얼음이 떼를 지어 떠내려가고 있는 얕을목에 이르렀다. 앞에 가던 사람들이 옷을 벗어 뭉쳐 머리에 이고 벌거숭이 몸으로 강을 건너고 있었다. 강물이 거의 그들의 목에까지 차올랐다. 가족을 많이 거느린 가장들은 짐과 아이들을 나르느라고 오랫동안 영하의 물살 가운데로 오르락내리락하다가 강변에 쓰러졌고, 곁에 섰던 사람들이 마비된 팔다리를 모포로 비벼주는 광경이 보였다. 한씨의 아내는 그의 완강한 고집에 이미 따라나서기를 체념해버린 표정이었다. 그 여자는 가슴에 품어온 한씨의 새 내의를 꺼내어 내밀었다.

"추위 조심하시라요. 나중에 이거 갈아입으시구요. 나 오마님 모시구 기다리갔시요. 애들이나 데빌구 가서요."

"내복 갈아입을 때쯤엔 돌아올 거이야. 너이들두 오마니 잘 모시구 있으라, 동생들 돌보구."

"예, 전 안 갈 테야요."

새파랗게 질린 얼굴로 제 어머니 곁에 붙어 서며 현자가 말했지만, 창빈이는 벌써 옷을 벗고 있었다. 창빈이가 제법 기세 좋게 옷을 훌렁 벗어 들더니 한씨에 앞장서서 여울을 건너가는 것이었다. 한씨도 옷을 벗어 머리에 이고 물을 건넜다. 살점이 떨어져나가는 듯한 차가움이었다. 중간쯤 건넜을 때, 막내아이 울음소리가 들렸다. 그는 하마터면 발을 헛짚고 넘어질 뻔했다. 강변에 올라서자 몰아치는 싸락눈에 맞아 피부 전체가 찢어져나갈 듯이 아팠다. 창빈이 녀석은 한씨 쪽은 거들떠보지도 않고, 옷을 재빠르게 주워 입고 있었다. 한영덕씨도 옷을 입고 체온을 회복하느라고 잠깐 발을 구르며 주위를 서성거렸다. 건너편에는 현자 모녀가 아직도 붙박인 듯이 눈바람 속에 서서 그들을 건너다보고 있었다. 한씨가 입가에 손나발을 만들어 대고 외쳤다.

"돌따가라우. 아이 감기 들가서."

"아부님, 잘 댕게오서요. 오빠두!"

그는 사람들 틈에 섞여 걷기 시작했다. 강 건너편에서 꼭 잠
긴 듯한 그의 아내의 음성이 들려왔다.

"창빈아, 아부님 꼭 딸라댕기라 잉."

창빈이가 뭐라고 혼자 투덜대는가 싶더니 그 자리에 쭈그리
고 앉아버리는 거였다.

"에이, 못 가갔시요. 아버님 홈자…… 안녕히 댕겨오시라
요. 난두 오마님하구 남갔시요."

한씨는 대답하지 않았고, 돌아보지도 않았다. 모래와 눈 섞
인 바람이 불어왔다. 그의 등뒤에서 강물 위를 서로 부딪치며
흘러내려가는 살얼음들의 잘강잘강하는 소리가 들려왔다.

한영덕씨는 대동강의 매서운 냉기를 결코 잊을 수가 없었다.

*

정보보고서

수신 : 미군 제2기지 MID 한국군 파견대 조사반장

제목 : 敵性容疑者에 관한 건

1. 입건 일시 및 장소

   1951년 11월 23일 15시 20분경 WP CAMP 부근

2. 인적사항

   성　　명　韓永德(男)

   생년월일　1911년 5월 18일생(40세)

   직　　업　의사

   본　　적　平安南道 平壤市

   현 주 소　慶尙北道 大邱市 德山洞

3. 입건 이유

   상기자는 1951년 11월 20일경부터 민간인임에도 불구하고
WP CAMP OFF LIMIT AREA에 접근하여 수상히 여긴 경비
병이 誰何 경고했으나 불응 도주한 적이 있고, 21일 오후 4시
에도 일직 하사관이 본 적이 있다 하며 23일에도 상기 시각에
철조망 주위에 접근, 合同動哨 근무자(PFC/THOMAS, 하사
金昌秀)가 불심검문하여보니 외투 속에 적지의 소위 인민복을
착용하고 있으며 횡설수설하여 믿기 어려웠음. 본 MID는 부산

과 거제의 포로수용소를 내왕하며 군사기밀과 적 지령을 전달하는 공작 첩자가 있다는 확인된 정보하에 상기의 용의자를 체포하였음.

4. 조치 및 의견
효과적인 취조가 필요하므로 귀 파견대의 장교 1명과 미 민사심리전 요원과 MID의 협동 취조가 가하다고 사료됨.

* 참고 : 심문 내용은 별지에 첨부된 것과 如함. 귀관들의 심문조서 역시 같은 보고서에 철해주시압.

발신자 : G. SGT/WHITE, 대필 통역장교 중위 李京鎬

1951년 11월 25일 13시부터 17시까지 CAP/KRAPENSKY, LUT/ROBERT, 대위 朴潤九 등이 MID 조사실에서 취조하였는바 심문 내용은 다음과 같음. 단 편의상 심문자는 A, 피의자는 B로 표기함.
A : 피의자가 1911년 평양 출생의 한영덕이 맞습니까?
B : 네.
A : 피의자는 1951년 11월 20일부터 23일 사이에 포로 캠프

주위에서 배회한 적이 있습니까?

B: 네.

A: 정확히 몇시쯤 몇 번입니까?

B: 세 번입니다. 시간은 잘 모르겠습니다.

A: 무슨 목적으로 캠프에 왔습니까?

B: 아들을 만나기 위해서였습니다.

A: 피의자의 아들이 현재 포로입니까? 그렇다면 그의 관등 성명을 말하시오.

B: 군인이 됐는지, 포로가 되었는지 자세한 사실은 모릅니다. 평양 출생, 당년 18세의 한창빈입니다.

A: 포로 명단을 조사했더니 그런 자는 없다는데, 누구에게서 언제 그런 사실을 들었습니까?

B: 동향인이 지난 10월 부산으로 오는 포로 수송 열차에 그애가 타구 있는 걸 먼 데서 본 것 같다고 했습니다. 사실 여부는 확실치 않습니다.

A: 포로 중에 아는 자가 있겠군.

B: 기만 명 중에 아는 사람도 있겠지요. 나는 행여나 여기 오면 먼 데서라도 아들의 얼굴을 찾아볼 수 있을 줄로 알았습니다.

A: 피의자와 대화한 포로가 있습니까?

B: 없습니다.

A: 피의자의 아들이 군인입니까?

B: 모릅니다.

A: 캠프 지역에 민간인의 접근이 금지된 것을 알았습니까?

B: 네, 알았습니다. 그러나 잡상인들과 어린이들이 포로와 얘기를 하고 그래서 그리 문제가 되지 않으리라 믿었습니다.

A: 어느 지역입니까?

B: 게이트 3번 동편입니다.

(근무 일지를 조사하여 초병 적발. 따로 보고서를 작성 제출했음.)

A: 왜 근무자의 정지 명령에 불응하고 도주했습니까?

B: 잡상인들이 달아나길래, 저도 같이 섞여서 달아났습니다.

A: 피의자는 언제 월남했습니까?

B: 50년 12월입니다.

A: 피의자가 공작 첩자가 아니고 피난민이라면 어째서 가족이 없습니까?

B: 나는 저들에게서 처형당했다가 살아나온 사람이므로 고향에 머물 수가 없었습니다. 곧 수복이 되리라 믿고 단신 월남했습니다.

A: 속이지 마시오. 피의자가 50년 12월에 월남했다면, 어째

서 아직도 적지의 민가복을 입고 있습니까?

B: 나는 여기 와서 직장을 구하기가 힘들었습니다. 대구의 후배가 경영하는 조그만 개인병원에서 시간 의사로 일하고 있어서 생활비를 절약하지 않으면 안 됩니다. 여벌의 옷이 있습니다만 충분하지는 못합니다. 인민복은 마구 입기가 좋고 목에까지 단추가 달려 방한에 좋습니다. 왜정 때에도 나는 이 비슷한 옷을 아무 느낌 없이 입었습니다. 버리기도 아까워 그냥 입어왔습니다.

A: 이남에 친지가 있습니까?

B: 네, 대부분 월남했을 것입니다만 아직 만나지 못했고, 전쟁 전에 남하한 손아래 누이가 부산에 피난하고 있다는 소식을 들었습니다.

A: 피의자는 북한에서 정당이나 단체에 가입한 일이 있습니까?

B: 네, 북한에서는 모든 직종의 사람들이 무슨 단체에든 가입하도록 되어 있습니다. 전국교맹에 소속되어 있었습니다.

A: 직책은?

B: 평회원입니다.

A: 피의자는 북한에서도 의업에 종사했습니까?

B: 네.

A: 개인 경영의 병원인가, 아니면 종합병원이었나요?

B: 처음에는 대학에 있다가, 인민병원에 한 달간 근무했습니다.

A: 대학이라면, 소위 김일성대학 의학부를 말하는가요. 직책과 전공은?

B: 의학부 산부인과학 교수였습니다.

A: 어째서 피의자는 공산주의자들에게서 제거되지 않고 떳떳이 교수직에 종사할 수 있었습니까?

B: 나는 정치에 관해서는 잘 모릅니다. 해방 전부터 박사과정을 위해 대학 연구실에 남아 있었습니다. 뒤에 그자들이 가르치라고 해서 학교에 계속 눌러 있었을 뿐입니다. 나는 산부인과에 관한 지식 외에는 그들과의 관련이 전혀 없었습니다.

A: 인민병원에서의 직책은?

B: 특병동 담당 의사였습니다.

A: 특병동이란 무엇을 하는 곳인가요?

B: 군인과 준군인, 당원, 행정요원과 그들의 가족을 치료하는 병원이었습니다.

A: 피의자가 공산주의자들로부터 절대적으로 신임을 받았다는 증거 같은데. 대개의 의사가 50년 말에 징집되어 전선의 이동 의무대에 편입되었는데 피의자는 제외되어 대우를 받았

음을 의미하는 게 아니가요?

B: 그때의 북한 상황을 모른다면 내 입장을 이해할 수 없을 겁니다. 오히려 징집된 자들보다 지독히 나쁜 환경 아래 혹사당했으니까요.

A: 믿을 수 없는데, 후방 근무가 전방보다 더 위험하고 곤란하다는 것은 이해할 도리가 없는바, 적의 정수분자들과 접촉 교류했다고 추측되는데, 설명해보시오.

B: 다시 말하지만 나는 정치는 잘 모릅니다. 다만, 나는 살기 위해서 공산주의자를 피해 남하해온 것만은 틀림없습니다.

A: 피의자가 진술한 게 틀림없지요?(피의자는 조서를 읽고 시인.)

이상과 如히 심문했음. 아직은 공작 첩자 여부를 밝힐 수 없으나 피의자가 대학교수급의 신분으로 附逆한 사실이 확실함. 요시찰 인물로 추정되므로 민간 경찰에 이첩함이 가하다고 사료됨.

조사반장 대위 박윤구

*

한영덕씨의 정처 없는 생활은 대구경찰서에서 한 달간의 불온분자 심사라는 고초를 겪은 뒤에도 일 년간이나 더 계속되었고, 서울 변두리에 사는 누이동생과 만나면서 겨우 안정이 되는 듯했다.

한씨가 그의 누이 한영숙을 만나게 된 것은 수도 육군병원에 영관급 군의관으로 있는 서학준씨를 만나러 갔다가 소식을 듣게 되고서였다. 전쟁통에 남편을 잃고 삼 남매와 함께 재봉 일로 근근이 살아가는 누이동생에게 얹혀 지내기가 난처했으므로, 한영덕씨는 여러 곳에 직장을 알아보는 중이었다. 어느 아침에 누이가 차려준 밥상을 대하자 한영덕씨는 수저를 들지도 않고 한참이나 묵묵히 앉아 있었다. 한여사는 점포에 가지고 나갈 낙하산 천들을 제품하기 좋게 가위로 네모반듯이 자르고 있었다. 그 여자는 오빠의 볼이 푹 패고 안색이 꺼칠해 보이는 게 마음에 걸렸다. 한씨가 식사를 들지 않고 우물쭈물하며 말했다.

"영숙아, 나 따루 나가 있갔다."

"왜요, 저이 집이 불편하시나요?"

"난두 일을 해야디. 너 고생되디 않네."

영숙씨는 해방이 되자마자 월남해 내려와서 전쟁중 남편과 사별한 뒤에 마음속 어딘가 빈 것 같고 불안해서 몹시 외로웠었다. 일가친척이라고 몇 명 되지도 않는 터에 혈육이라고는 고향을 떠난 지 육칠 년 만에 만나게 된 단 한 분의 오빠였으니 가장 대신으로 마음 든든하게 여겨왔던 터였다.

"머이 고생이 되갔시요. 아이들밖엔 없는데."

"기러니 더 부담되디 않간, 밑턴이 조금만 있으문 병원이라두 하나 내갔는데…… 취직은 까다로워 안 하가서."

"전번 덕십자병원에 취직된대더니 오라버니 왜 안 하셨수?"

말해버리고 나서 한여사는 후회했다. 그가 일거릴 잡으려다 서너 차례의 좌절을 겪고 나서 맥이 빠진 걸 잘 알고 있었기 때문이었다. 누이동생인 한영숙씨가 보기에도 그는 주변머리가 없었고 고지식한 게 탈이었다. 선배가 소개해준 적십자병원에의 취직 건이 수포로 돌아갔던 것도 그의 편협한 고집 탓이라고 한여사는 생각했다. 한씨는 영숙씨의 그런 감정이라도 눈치 챘는지 얼버무리는 투로 넘겼다.

"난 모르갔다. 메칠 후에 오라구 해서 기런 줄만 알았디. 가보니끼니 자리가 챘다구 그러둔."

"거 핑계 대는 거 아니야요? 작년에 대구에서 경찰에 들어갔다가 나왔다구 의심하거나 꺼리는 거 같아요."

영숙씨가 대구 일을 알게 된 것은 서학준씨의 귀띔에 의해서였지만, 허리가 욱신거린다며 아침마다 소주를 탄 날계란을 마시는 오빠의 몸을 봐서라도 고초가 어떠했으리라는 걸 대략 짐작할 수 있었던 것이다. 한씨는 그 일 뒤로 아직도 어수선한 지방이나 소도시로 취직해 내려가는 게 두려운 것 같았다. 지방에서는 몇 군데 확실한 대답이 왔으나, 그는 친구들과 누이가 있는 서울을 떠나려 하지 않았다.

"게우 한 달인데 멀 꺼리갔니, 요즘 세월에 이북 사람치구 그 사람들 밑에 일 안 해본 사람이 어딨갔네 야. 이력서에 저쪽서 하던 일을 거딧으루 쓸 수야 없디."

"당연하구레. 기까짓 거 아무케나 쓰문 어드래요. 참, 오라반두…… 교수질했다구 기러는 거 아니야요?"

"서군 말대루 면허장 없는 사람 부테잡구 동업이나 해볼까."

"시설 한 가지 없다구 수입은 거진 다 멕히는 거 해선 멀 할라우."

"반반으루 얘길 해봐서, 착실하게 모으문 병원쯤은 채릴 수 있을 거이야."

한씨는 박가라는 사람과 동업하기로 얘기가 되어 있었다. 한영덕씨가 자칭 외과의사인 박씨와 손이 닿게 된 인연은 고향에서 2대에 걸쳐 치과 병원을 개업했던 이씨를 통해서였다. 역시선대에도 치과의사였던 이씨의 부친이 한영덕씨의 부친과 친구 간이었던 것이다. 박가는 평양에 있던 선대 이치과네서 십

년 동안이나 기공사로 일해왔던 사람이었다. 수술이라고는 개구리의 배도 제대로 째보지 못했던 박가가 서울 수복 직후의 어수선한 시국에 외과 병원을 개업하고 있었다. 박가는 그동안 틈틈이 책줄이라도 읽고 남의 어깨너머로 치른 임상경험도 있고 하니까 난리통엔 그럭저럭 써먹을 만했던 모양이었다. 또한 박가와 함께 병원을 동업했던 김가는 어릴 때부터 남의 개인 병원에서 고용 약제사 겸 사환으로 일해왔던 사람이었다. 그들은 서로 꿀릴 게 없는 입장이라 배짱이 맞았고, 수복하자마자 서울 변두리에 자리잡고는 아직 주인이 돌아오지 않은 빈 병원마다 찾아다니면서 쓸 만한 의료 기재들을 모았다. 후방 도시로 가져가서 물건을 처분하거나 간수하기도 해서 거뜬히 시설 좋은 병원을 차릴 수가 있었다는 것이다. 아마도 북새통에 한동안 영업이 잘되었던 모양이었다. 그러나 수복 살림에 차츰 자리가 잡혀갈수록 보건소에서의 취체가 잦아진 거였다. 보건소에서 일주일에도 두어 번씩 와서는 용돈을 뜯어간다고 했다. 종내 간판을 뜯기고 비밀로 운영을 하게 되면서, 박가는 관청에다 상납을 해서라도 면허장을 구하려는 참이었으나 쉬운 일이 아니었다. 면허를 부탁받은 쪽에서 질질 끌며 돈만 자꾸 요구해왔고, 한편으론 다른 자가 병원에 찾아와 취체랍시고 뜯어가는 등쌀에 견디지 못한 박가가 마땅한 방패막이로 한영덕씨를 잡으려는 눈치였다. 한씨는 동업을 해보자는 제의에 아직 수락은 안 했을망정 떨떠름한 기분이었다. 또한 혼자 살아가는 딱한 누이를 보니 자기가 너무 무능하다는 생각도 들었던 것이다.

"병원만 차리게 되문 홈자 고생하는 네 뒤두 돌봐줄라."

"아이 오라바니 기런 생각 앳새 하디 마시라우요. 동업해서 니러세는 사람 못 봤시요. 거저 멫 달 하단 종합병원루 가세야디요. 데켄에서두 웬 떡이냐 했을 거야요."

한여사는 오빠가 평양에서는 이름이 났었고 의전에다 교토 의대 출신으로 비록 학위는 못 받았으나 박사급의 명의라는 자부심을 갖고 있었다. 사실 한영덕씨가 출신교에 논문을 내놓고 얼마 있다가 해방이 되어 연락이 두절되면서, 연이어 삼팔선이 가로막혔던 것이다. 한영숙씨는 그런 오빠가 돌팔이들의 방패막이로나 나서게 된 게 몹시 슬프고 안쓰러웠다.

"종합병원에 계시다 하나 채리게 되문 나오시구요. 또 장가두 드세야디요. 그때까지 함께 지내시자우요. 내레 양당덤 일이 이만하문 먹구살 만하니끼니."

한씨의 얼굴에 어두운 그늘이 스치고 지나갔다.

"까짓 놈에 거, 혼자 살디…… 귀찮게 장간 들어 멀 하갔네."

"아니야요, 사나이들은 아낙이 있어야 사람 구실 해요. 지금

휴전된다구 매일같이 신문에 나오는 거 못 보셨수? 이럭저럭
세월 보낼래문 십 년이 갈디, 이십 년이 갈디 모른대두요."

한여사는 그런 말이 자기에게도 똑같이 적용된다는 걸 까맣
게 잊어버리고 있었다. 박가와의 약속 시간이 많이 남아 있었
으나, 누이와 마주앉아서 재혼에 관한 얘기를 주고받는 것도
쑥스러운 일이고 해서 한영덕씨는 일찌감치 자리를 떴다. 역시
박가가 한씨의 의술에 호감을 가졌던 건 그 실력 때문이 아니
라 전공이 산부인과였던 때문이었다. 이왕 면허를 내세울 바에
야 써먹기 좋은 전공이 필요했던 것이다. 전장에서 많은 사람
들이 매일같이 죽어가는 시절이었는데도 신의 섭리였는지 평
시보다 훨씬 많은 아이들이 태어나고 있었다. 외국 병정 상대
의 위안부들을 중심으로 병이 돌았고, 시대가 시대였던 만큼
갑작스레 타락된 풍조에 젊은 여자들의 낙태가 비밀리에 행하
여지고 있었다. 미래를 예측할 수 없는 전시니까 생계를 위한
위안부들도 있었으나, 절망감이 만연된 도시의 향락적인 분위
기에 휩쓸린 젊은이들과 양갓집 여자들도 많았다. 인적 자원을
필요로 하는 전시하의 국가에서 낙태는 법으로 엄금하고 있었
다. 그때 비밀 낙태 수술을 전문으로 했던 의사들은 수술 비용
을 실비의 몇 배씩이나 받아냈으므로 순식간에 한밑천을 그러
모을 수가 있던 때였다. 만일 한씨가 표면으로는 부인병 전문

의로 우물쭈물 낙태 수술이나 시키면서 보건소에서 조사라도 나오면 돈이나 몇 푼 꾹 찔러넣어주고 했었다면 일 년 안에 개인병원을 차릴 수가 있었을 것이다. 한씨는 박가의 제의를 한마디로 거절해버렸다. 박가는 그 단호한 거절에 비웃음을 띠며 못마땅하게 대꾸했다.

"괘난한 결백성이시구만, 거참."

"아니 법적으루 지탄받는 짓은 못해서 그러오."

"의술 개지구 전도 사업 하실라우?"

박가는 설복조로 몇 마디 해보다가 한씨가 끝까지 우기는 걸 보고 약속이 틀리니 동업은 그만두겠다고 자기도 고개를 흔들었다. 한영덕씨는 홀가분하게 일어나 다방을 나오려는데 박가와 동업하는 김가가 얼굴이 질려가지고 숨을 헐떡이며 쫓아 들어왔다. 그는 두서없이 자기의 동업자에게 하소연했다.

"어이, 취체 나왔어. 형사랑 보건소 애들이랑 같이 말야. 주인을 찾는데 어쩌지?"

여태껏 조건을 내걸고 한영덕씨와 맞섰던 박가는 다급해지자 한씨의 손목을 잡고 수습을 좀 해주십사고 간청을 해오는 것이었다. 한씨는 이 각박한 세상에 누구나 살아보겠다고 아우성치는 판국인데 체면을 내세울 수도 없는 일인 것 같았으므로 응낙을 했다. 한씨가 보건소 직원들과 형사 앞에서 원장을 자칭하며 나서서 면허증까지 내보인 덕택에 가까스로 무마가 되었고, 자연히 그들과의 동업이 시작되었다. 일단 한영덕씨의 이름으로 간판을 내건 다음, 박가는 수입금을 반반씩 나누자는 최초의 제의를 어기고 김가를 위해서라도 세 몫으로 나누자며 조건을 변경했다. 한씨는 모두 응낙했고, 종합병원의 반에도 못 미치는 보수를 받아가며 늘상 병원에 붙어앉아 야간 왕진까지 도맡았다. 박가가 단골로 다니던 다방에 윤미경이라는 제법 미인의 전쟁미망인이 마담 노릇을 하고 있었다. 한여사는 언제나 그 여자의 예를 들어 이남 여자들이 직심이 없다고 혹평을 서슴지 않았는데, 남편이 경찰서 경위로 지내다가 북으로 끌려간 뒤 생사도 아직 모르는데다 일곱 살짜리 사내자식까지 있으면서 고작 다방에 나왔다는 이유 때문이었다. 윤마담과 박가가 어느 정도의 교제를 가졌던 사이였는지는 확실치 않았으나, 어쨌든 서로 허물없는 농담쯤은 주고받는 처지였다. 실은 박가보다도 그의 동업자인 김가가 오래전부터 그 여자에게 눈독을 들여왔던 거였다. 저녁 먹자, 홀에 가자, 하며 꽤나 안달을 했으나 박가의 속셈은 달랐다. 어떻게 면허증이라도 내면 이북에 소재하고 있어 학적 관계가 불분명한 평의전 출신으로 해야겠는데 뻔히 알고 있는 한영덕씨의 묵인이나 증언이 필요하게 될지도 몰랐다. 낙태 수술 문제 역시 그러했다. 그는 한씨의 마음을 잡아두기 위해 윤미경을 누님이라면서 소개했고, 그들은 차츰 호감을 갖게 된 듯이 보였다. 윤미경은 그 남자가 의사에다 딸린 자식도 없이 단신 월남한 사람이라는 박가의 소개에 의하여 안심을 하고 있었다.

한영덕씨는 메모지에다 전화번호를 적어서 박가에게 주고 나서 가운을 벗어 걸었다.

"볼일이 생게서 좀 나가야갔는데, 급한 환자가 오문 일루 연락하시오."

낡은 메스로 손톱을 다듬던 박가가 곁눈질로 메모지를 힐끗 보더니 한씨를 놀려댔다.

"햐, 이거 한선배님…… 요릿집 출입만 하시는구만! 난두 깨무테달라우요."

칸막이 너머에서 손을 씻고 있는 한씨를 향해 박가가 짓궂게 말했다. 그는 한씨를 언제나 선배라고 불렀고, 술좌석에서 소개시키는 일이라도 있을 때엔 우리 학교 대선배님, 하면서 박수를 쳐대곤 하는 거였다. 한영덕씨가 진찰실로 나오면서 계면쩍게 웃었다.

"부벽루에 오실려오, 나중에?"

"아, 아닙네다. 보나마나 윤여사하구 랑데부하시는 모낭인데, 내가 껴서 머하게요."

"오시오. 기다릴 테니…… 그렇지 않아두 얘길 합데다."

박가는 의자를 좌우로 빙빙 돌리며 농담을 던지는 품이, 한 껏 즐거운 모양이었다. 즐겁지 않을 수가 없는 게, 그의 골치를 썩여오던 일이 끝장이 났다는 연락을 받은 때문이었다. 그는 평의전을 나와 평양에서 수년간 개업하던 외과의사로 만들어 져 재면허 신청이 통과된 것이었다. 어느 놈들이 와서 짖어대 건 면허장만 내보이면 끽소리 없이 물러갈 거였다. 그는 이제 의학사이며 국가시험 합격자였다. 박가가 신문을 펴들고 들여 다보며 말했다.

"다녀오시디요. 저는 환자가 오기루다 돼 있는 까탄에……"

"무슨 환자?"

"어제 초진을 했시요. 여잔데…… 걱정 마시라요. 저 홈자 라두 충분하니깐."

"수술 같은 거 해선 안 되오."

박가가 신문을 요란하게 거두면서 발끈해진 얼굴을 애써 웃 음으로 얼버무렸다.

"실력이 없다 기건가요? 내레 급할 땐 데왕절개까지 해봤시 요. 한선배님은 기런 데 신경쓰디 말았으문 좋갔구만."

"출산시키는 거래두 조심해야 하오. 낙태는 말할 것두 없 디."

"더러워서 못해먹갔군. 이놈에 거이 인종은 많은데 자를 건 자르구 봐야디 자꾸 태워선 어카갔다는 건디."

"다 저 먹을 거이 있는 거야요. 좌우간 법을 어겨서두 안 되디만, 돈 도재 몇 푼 벌갔다구 모체에 든 생명줄을 함부루 끊어 놀 수야 없디요."

"한선배님처럼 의사질 해먹다간, 양반 소리는 듣갔구만요. 개헤엄은 안 친다니깐."

"김씨 어디 나갔소?"

"누가 미제 수성 페니실링이랑 마이싱이 싸게 나왔다구 기래서 도리할라구 나갔시요. 암거래 물건으루 운좋으문 다섯 배 는 거저 벌거던요."

"세 시간쯤이문 돌아오리다."

한영덕씨는 병원을 나서며 기분이 그리 좋은 편이 아니었다. 박이 겉으로 드러내놓고 자기를 놀려댄 것 같은 느낌이었다.

부벽루 이층 방에 윤미경이 와서 기다리고 앉아 있었다. 그 여자는 오늘따라 투피스 차림으로 양장을 했으며 화장을 엷게 한 모습이 꼭 여학생 같아 보였다. 흰 손수건을 탁자 위에 올려 놓고 만지작거리는 여자의 양쪽 새끼손가락에 봉숭아물이 들 어 있었다. 그 여자는 어깨가 약간 직각인 것이 흠이었는데 래 글런의 상의 때문에 날씬해 보였다. 한영덕씨는 여자 앞에 머리를 대일 듯이 숙이며 다정하게 물었다.

"이사는 했소?"

"네, 아까 낮에. 한 시간밖에 안 걸렸어요. 집이 무척 깨끗하긴 한데 진용이 땜에 아무래도 이사를 잘못 간 거 같아요."

"시끄러움데까. 아이들은 친구들 많은 게 오히려 나아요."

"아뇨, 좋잖은 여자들이 살더군요. 양공주가 둘이 세 들어 있어요. 미군들이 들락날락하데요."

"마당만 같이 쓰디 않으문 벨루 상관 있소. 진용이두 내넌엔 학꼴 보내야디?"

한영덕씨는 담배 한 대를 피우려다 윤미경이 앞으로 내밀며 권했다.

"안 태우겠어요. 이젠 끊어야죠. 다방두 그만두구, 지금 생각 같아선 좀 들어앉아 쉬구 싶어요. 한선생님두 어서 병원을 차리셔야지 언제까지나 박선생 뒷바라지만 할 순 없잖아요?"

"기쎄 개인병원이 체딜에 맞딜 않는 모낭이오. 장살 할 줄 알아야디. 종합병원에 취직이나 할까 하는데, 신경쓰디 않구 월급이나 받는 거이 젤루 맘이 편할 거 같소."

윤미경의 얼굴에는 오늘따라 수심이 가득차 보였다. 다방 나가랴 이사하랴 피곤한 탓도 있겠지만 눈가에 잔주름이 잡히기 시작한 표정은 더욱 고독해 보였다. 그 여자는 가져온 정종을

홀짝홀짝 마시면서 촉촉한 시선으로 한영덕씨를 쳐다보았다.

"이쪽이 전쟁에서 이길까요?"

여자가 엉뚱한 질문을 불쑥 내질렀다. 한씨는 그제서야 전쟁이라는 현실적인 사건이 자기들 두 사람과 깊은 관계를 가지고 끈질기게 작용하고 있음을 느꼈다. 한씨의 혀끝에 떫은 쇳녹의 물이 가득히 괴어드는 느낌이었다.

"휴전이 될레나보오. 멋대루들 치구박다가 내키는 대루 그만두자는 거디. 한번 그치문 원제나 다시 합테서 오구갈디 알갔습네까."

오늘은 어느 고지에서 무슨 전투가 있었는데 아군은 북방으로 몇 킬로 진격해 올라갔다든가, 휴전선에 관해 합의를 보았다는 등의 풍문에 접할 때마다, 채 끊기지 않은 기대의 줄이 한씨의 마음속에서 멋대로 팽팽해졌다간 다시 느슨해지곤 하는 거였다. 윤미경이 다정히 말을 건넸다.

"선생님, 아직 누이 집에 계신가요?"

"예, 갸두 윤여사처럼 이번 전쟁에 홈자가 됐디요. 함께 지나기가 좀 거북스런 닙장입네다."

"빨래 같은 거 있으심, 제게루 가져오세요. 그리구 언제든 집에 들러주셔요. 약주라두 대접해 올릴 테니까요."

윤미경이 탁자 너머로 손을 뻗치더니 실밥이 빠져 몇 가닥

남지 않은 한영덕씨의 상의 단추를 매만졌다. 그 여자는 날렵하게 단추를 탁 떼어 자기 백 속에 집어넣었다.

"그대루 달구 다니다 잃으시겠어요. 양복 단추는 같은 걸루 짝을 맞추지 않으면 촌스럽거든요. 제가 보관했다 달아드리죠."

한영덕씨는 청년처럼 얼굴이 붉어졌다. 그는 고개를 숙이고 더블 단추의 열에서 떨어져나가 균형을 잃은 채 비워진 단춧구멍을 내려다보았다. 중년의 나이에 여자가 그런 식의 재치를 보이면 어딘가 닳고 닳은 사람인 듯한 느낌이 드는 법이었으나, 한씨로서는 코끝이 짜릿하도록 연민 비슷한 감정을 갖게 하는 재치이기도 했다. 전화가 왔다는 전갈에 한씨가 억지로 자리를 떠나 수화기를 드니 김가의 목소리가 들려왔다.

"큰 탈 났습니다. 박형이 수술 도중에 실수를 한 거 같아요."

한씨의 가슴은 덜컥 내려앉았다. 그 순간에 그의 머릿속에는 윤미경의 새끼손가락에 들여 있던 붉은 봉숭아물 빛이 떠올랐고, 더욱 불안해졌다. 무엇에서건 방해받고 싶지 않았다.

"유산이오?"

"네, 그렇습니다."

"절대루 손대디 말라구 기렇게나 당부했디 않소?"

"전 모릅니다. 박형이 무모하게 일을 벌인 겁니다."

78

한씨는 침착하게 마음을 가라앉히려 애썼다.

"몇 개월이오?"

"오 개월입니다."

"소파수술은 불가능하오. 인공 조산으루 낙태시키는 도리밖엔 없었을 거외다."

한씨는 어쩐지 불길한 생각이 들었다. 그럴 수밖에 없었던 것이, 지난 몇 해 동안 그는 사람이 산다는 것 속에 깃들인 명암의 변전이 얼마나 종잡기 어려운가를 뼈저리게 느껴왔던 때문이었다.

"박씨를 바꾸시오."

박가는 의외로 침착했다.

"양막을 자궁벽에서 박리시켜개지군 진통을 도와줬시요. 애가 죽은 대루 나오긴 했는데 출혈이 그티딜 않습네다."

"자궁천공을 일으켰거나, 자궁외임신으루 난관이 파열돼선 내출혈을 일으킨 게 분명하오. 수술한 지 얼마나 경과됐디요?"

"두 시간 됐습네다."

"수혈은?"

"못했시요. 손쓸 틈이 없었으니까. 끝난 건 시자 삼십 분밖에 안 됐시요."

한영덕씨는 자신이 있었으나, 먼저 그들에게 다짐을 해둬야겠다고 생각했다.

"난두 자신이 없쇠다. 정당한 사유가 있는 중절이라문 책임을 지구 최선을 다해보갔디만, 만약에 이런 만용으루 환자가 죽는다문 누구레 그 책임을 제야 되갔소?"

"한선배님, 기럼 어캅네까? 애시당초 선배님을 모시기루 한 게 이런 불상사를 위해서가 아녔댔시요?"

"박씨가 먼저 손을 댔구, 난 말렸소. 우선 수혈을 해놓구 환자레 가족을 부르시오. 때에 따라선 자궁 척출을 해내야 되니까. 임신 능력을 잃게 될지도 모르오."

"생존 조치나 해주시라요. 환자가 죽으문 김형이랑 나는 마지막입네다. 우리가 시술을 했다구 각서를 써놓구 용태두 적어놓갔습네다. 한선배께선 응급조치만 도왔다구 하시문 께름칙할 거 아무것두 없을 거야요."

"아무러나, 환자나 살레놓구 봅세다. 내 곧장 글루 가리다."

박가가 겨우 안도의 한숨을 내쉬며 수화기를 내려놓자마자 잠자코 듣고 있던 김가가 답답하다는 듯이 말했다.

"각서를 써놓고는 어쩔 셈인가?"

박가는 픽 웃었다.

"얼빠진 소리 말게. 저 친구레 그런 보장이라두 없으문 손을 써줄 줄 알아? 불상사가 생길 땐 우린 모른다구 싹 잡아떼는 거이야. 무사하문 다행이구 말이다."

"지금은 모른다 해두 나중엔 드러날 텐데 가족들이 항의할 걸. 낙태를 시켜달랬지, 언제 자궁 척출을 해달랬냐구 법석을 떨며 고발하든가 하면 골친데."

"염려는 푹 놓으라 기거야. 우린 시술을 해서 인공 조산을 다 시케놨는데, 한씨가 나서선 손을 잘못 썼다구 우기문 돼요. 보라구, 우린 둘에다 저치는 홈자 아닌가 말야."

그들은 조금도 걱정할 필요가 없었고, 적자생존이란 이런 경우를 두고 하는 말임이 틀림없을 듯했다.

*

서학준씨는 이남에서 만난 아내와 함께 한영덕씨의 결혼식에 참석했었다. 서씨 역시 평양에 있던 이동 외과 병원이 급히 철수하는 바람에 미처 가족을 데리고 올 여유조차 없이 혼자 나오게 되었다. 서씨는 부산 육군병원에 있을 때, 부둣가에 나갔다가 지금의 아내를 만나게 되었는데, 그 여자는 길바닥에 좌판을 벌여놓고 빈대떡을 부치며 행상 대포 장수를 하고 있었다. 사람을 찾는다며 좌판 옆에 주소와 성명을 크게 써붙여 놓았으며 그가 읽어보니 흥남항에서 남편을 잃어버린 여자였다. 그는 술 한잔을 청해놓고 사정 얘기를 들었다. 거룻배를 타고 군함으로 오르다가 남편이 뒤에 처졌다는 거였다. 수많은 사람들 틈에서 남편을 찾을 수도 없고 해서 갑판에서 발만 동동 굴렀다 한다. 서씨는 그다음부터 매일 부두로 나가 술 한잔씩 걸치고 병원에 돌아오곤 했다. 사람이란 그렇게 지나노라면 아무리 아픈 기억도 희미해지고 새로운 정도 생기게 마련이었다. 서씨는 그 여자의 두 아이들까지 기꺼이 떠맡았던 것이다.

한영덕씨의 결혼 날에 평양 친구들이 많이 모였다. 그들 중에는 한씨나 서씨처럼 월남한 사람들이 많았는데 더러는 새로 장가를 들었거나 혼자서 하숙 생활을 하는 사람들도 있었다. 피로연 때에 그들은 모두 기분들이 울적해 보였다. 〈선창〉이라는 학생 시절의 유행가를 부르면서 밤늦게까지 헤어지길 싫어했다. 서학준씨는 우리 이럴 게 아니라 서로 못 만나본 친구들도 많을 테니 평의전 동창회를 한번 추진해서 얼굴이나 보자는 제의를 했다. 연줄이 닿는 친구들에게 모두 연락을 해주기로 약속했다. 한씨의 결혼식 때에 동창회 말이 나와 이듬해 봄이 되어서야 겨우 모이게 되었다. 그때에 서울에 있던 평의전 동창들 스물세 명이 모두 모였다. 어떤 친구는 학생 때부터 평양서 서로들 낯익었던 자기 부인을 데리고 나오기도 했다. 뉘 집 딸이며, 어느 골목길로 잘 다녔으며 무슨 학교 몇학년이었는지도 그들은 잘 기억하고 있었다. 세일러복이나 흰 저고리에 주름치마를 입고 머리를 길게 땋아 늘였던 여학생들이 중년 부인네로 변모한 모습은 새삼 감개를 느끼게 했다. 더구나 고향을 떠나와 재혼한 사람들은 더욱 그러했다. 동창회에서 한창들 주흥이 무르익어가는데, 시종 아무 말 없이 한영덕씨의 옆에 앉아 있는 사람이 모두에게 낯이 설었다. 서학준씨는 잘 모르는 후배들도 있었으니까 그들 중의 한 사람이거니 여기며 묻질 않았다. 술에 취해 있었던 평의전 선배 되는 고박사가 눈을 찌푸리고 그를 바라보았다.

"저 친구 잘 모르갔구만. 멫회 졸업생이든가?"

"사십이년도입네다. 기억을…… 못하실 거야요."

그해라면 서씨와 한씨가 학교에 남아 있었을 때라 그들 둘이서 틀림없다면 모두 의심을 않았을 것이었다. 고박사는 한영덕씨에게 대뜸 물었다.

"자네 저 사람 잘 아나?"

어수선한 세상에 대충 우물쭈물해 넘겼으면 좋았을 것을 한씨는 고개를 내저었다.

"나하구 병원을 같이 하구 있디만, 졸업을 했는지는 기억에 없쇠다."

갑자기 옆에서 서로 쑤군쑤군하게 되었고 좌석의 분위기가 이상하게 변했다. 낯선 사람은 몹시 난처한 듯 주위를 두리번대더니 벌떡 일어나서 나가버렸다. 서학준씨가 혀를 차며 말했다.

"야, 너두 눈치코치 좀 배우라. 슬쩍 넘겨치우군 나중에 애기해두 될 걸 멀 하자구 면전에서 망신을 주네?"

고박사가 열을 올려 한영덕씨를 몰아세웠다.

"자네 그러다 사고나 생기문 어쩔려나. 우리 학교 전통에두 관계가 있으니끼니 영업을 못하게 해야 되지 않가서? 특히 자넨 학교에 남아서 후배를 가르치던 교수가 왜 기렇게 티미하냐 말야. 동업까지 해주니깐 버젓이 행세할라구 기러디 않갔나."

한영덕씨는 한동안 술만 마시며 침묵을 지켰다가 고박사의 흥분이 가라앉은 듯 보이자 띄엄띄엄 말을 꺼냈다.

"난…… 의술이란 걸 대단하게 여기지 않습네다. 요즘 누구레 책임감을 갖구 제세할래는 마음으루 진료에 임하갔습네까. 모두 돈 벌자구 배운 기술루 생각하지 않습네까. 저 사람두 돈 벌어 먹구살갔다구 의업을 택하는데 무슨 권리루 남에 업을 못하게 말리갔시요. 난두 정 살기 힘들어 못 견디갔습네다."

"기건 한군 말이 옳디요. 고선배님 시대하군 영판 다릅네다. 괘난히 패배감이나 자조를 느끼게 너무 윽박지르디 마시라요."

서학준씨가 한씨를 두둔하며 나서자 모두들 한마디씩 거들었다.

"옳시다. 의술에 사명감 어쩌구 하던 시대는 개화기 때 얘기야요."

한영덕씨는 그날 친구들이 간신히 떠메고 갔을 정도로 과음을 했었다.

동창회에서 망신을 당한 박은 그 불쾌감이라든가 서운함을 한씨에게 겉으로 내색하지는 않았으나, 김가와는 자초지종을 얘기하며 분해하곤 하였다. 한영덕씨도 병원에서 매일 얼굴을 대하기가 서먹서먹한 느낌이었고 고박사가 하던 말이 오랫동안 마음에 걸리기도 해서 부산에다 취직을 부탁해놓았다. 윤미경은 임신을 하고 있었다. 역시 독신인 처지라 매식을 해왔던 김가는 한씨가 결혼한 다음부터 식사를 그의 집에서 하게 되었으므로, 하루 세 번씩 윤미경과 대면할 수가 있었다. 그는 매번 노골적으로 이죽거리는 거였다.

"미경씨, 밥 먹으러 왔수다."

"아니, 이이가 정말…… 미경씨가 뭐예요?"

"그럼 윤마담이라구 부를까요?"

"공연히 농담하지 마세요. 남들이 이상하게 생각할 거 아녜요. 김씨가 자꾸 그러시면 우리 선생님한테 말해서 다른 데서 식사를 하시도록 해야겠어요."

"아, 사모님 죄송합니다. 사람 너무 차별하지 마시요."

"기가 맥혀서…… 도대체 어째서 매일 비꼬구 그러는 거예요."

"한선생은 어엿한 남편이지만 나는 도대체 뭘까, 하숙생두 아니구 시동생두 아니구 애인두 아니니까 말요."

"이거 보세요 김씨, 나는 지금 살림을 하는 유부녀예요. 댁은 여기 와서 식사나 하구 가면 된다구요."

"한씨하구 윤마담이 결혼은 했지만, 한씨는 이북에 처자가 있는 몸야."

"그게 무슨 상관이람."

"그 사람 위험인물이란 말이 돈다구."

"위험인물이라뇨?"

"이북에서 교수 노릇을 했거든. 언제 다시 저쪽으루 붙을지두 모르지. 아직 전시니까…… 여기서 가정을 가지구 주저앉는 척해야만 의심을 안 받을 거 아뇨? 윤마담 같은 순정파는 믿질 않겠지만, 한씨처럼 겉으로는 멀쩡해 뵈는 사람두 드물 거야."

"근거 없는 얘긴 하지두 마세요."

"그 사람 여자가 한둘인 줄 알아? 어제두 젊은 여자가 병원에 찾아와 같이 나갔단 말요. 어제 틀림없이 통행금지가 다 돼서 들어왔을걸."

"정말루 보셨어요?"

"이런 제기…… 박형한테 가서 알아보라구. 참 이상하단 말야. 비슷비슷한 사람끼리 모여 앉아선 이북 얘기들만 한단 말야. 괜히 덩달아 다치지 말구 조심하쇼. 슬며시 캐보라구요. 이북에서 뭘 했나, 어째서 혼자 넘어왔나. 이북 노래 아는 거 있으면 불러보라구 말야. 새삼스레 말 꺼내고프진 않지만 윤마담이 내한테 너무했지 뭐요. 나는 삼십오 년이 지나도록 여자하구 담을 쌓았던 총각이야. 먹구살기에 바빠서 말이지. 그래두 약간은 머리가 있는 놈이니까 의술이라두 배웠지. 악착같이 돈을 벌 테니까 보라구. 이번 약품 사건으루 이치과 어른과 나는 바가지를 호되게 뒤집어썼다 그거요. 물건 맡겨둔 장소를 그자들이 어떻게 알구 압수하러 왔었는지 모르겠단 말야. 한씨가 암만해두 수상한 게…… 하찮은 걸 가지구두 벌벌 긴단 말야. 틀림없이 그 사람 무슨 큰일을 저지르구 있는 게 분명해요. 아무래도 수상해."

"그전에 약품 쌓아놓은 걸 보더니 막 역정을 내셨어요. 왜 이런 물건을 맡아두느냐구요. 김씨 거라구 그래두 당장 와서 옮겨가래야겠다구 했어요."

"며칠 동안만 신세를 지자구 내가 사정을 했었는데…… 알았어! 이제 보니 그치가 찔렀군그래. 그러면 그렇겠지. 형사들이 이 많은 임집들 중에 무슨 수로 여기 갖다놓은 걸 알아냈겠나. 이치과 어른두 그렇게 짐작은 하더구만. 그러나저러나 윤마담은 속았어."

"터무니없이 그런 소린 집어치워요."

"글쎄 곧 알게 된다니까. 언제 자취를 감출지 모르는 사람이거든. 윤마담은 임시방편이라구. 아마, 지방으로 내려갈 작정일 거야."

"네, 취직해서 부산으루 이사가야겠다구 그러든데."

"그때 가면 윤마담과 한씨의 관계는 끊어지는 거요. 첫날밤을 치르지 않고 오다가다 만난 사이란 백년을 살아도 믿질 못하는 법이야. 더군다나 미경씨는 아이까지 딸렸잖소. 바꿔서 생각해보라구. 피난살이루 타향에서 여기저기 떠도는 남자가 무슨 미련이 많다구, 조강지처두 아닌 미경씨를 질질 끌구 다니겠나. 그러니 당신 장래를 생각해서라두 살살 캐물어보란 말요. 언제쯤 부산으로 떠나는가 정확한 날짜를 말이지. 또 이북 얘기에 대해서두 잊지 말구 알아봐요. 대낮에 공비들이 버스를 습격하는 판인데, 이북서 혼자 내려온 남자를 누가 믿나. 더구나 거기서는 대우받던 사람이거든."

김가는 생각나는 대로 아무렇게나 씨불였고, 윤미경도 많이

동요된 듯이 보였다. 일은 거기서 그치지 않았는데 한씨가 부산으로 떠난 다음에 취체반들이 박가네 병원으로 들이닥쳤던 것이다.

잠바 차림의 사내가 박의 손목에 수갑을 철컥 채웠고, 의료감시원인 듯한 사람은 책상 서랍을 들쑤시며 뒤지고 있었다. 박이 수갑에 채워진 손을 쳐들어 그들의 얼굴에다 들이대며 언성을 높였다.

"이거 너무하디 않소, 무슨 큰 죄를 젰다구 이러는 거요?"

"이 양반아, 무면허 영업은 최하 오 년 이하의 징역이야."

잠바가 박의 어깨를 내리눌러 자리에 앉혔다. 김이 의료 감시원을 붙들고 사정했다.

"보쇼, 사정을 알구나 취첼 받아야죠. 우린 위법한 일 전혀 없소. 저 사람은 면허증을 취득했구요, 의사 한 분이 또 계셨다구요."

"영업주가 현재 누구요, 누구 이름으루 올랐냐구."

"저게 내 면허장이오. 똑똑히 보시구레."

박이 턱으로 진찰실 벽에 걸린 금박 무늬의 액자를 가리켰다. 의료 감시원이 여유만만하게 웃으며 액자를 떼어 책상 위에 던져놓았고, 잠바 사내가 액자를 박의 코앞에 댈 듯이 갖다 보여주며 비아냥거렸다.

"이거 말씀이신가? 가짜 면허증…… 됐다가 코나 푸시지 그래."

"당신네 과장 허가 아래 나온 거야요."

감시원은 서랍을 뽑아내어 잡다한 카드와 종이 나부랭이들과 진료부를 책상 위에 쏟아놓고 일일이 펴보며 조사했다. 그는 연방 빙글빙글 웃고 있었다.

"당신이 아는 과장께선 전출해갔다구. 다른 분이 새루 오셨으니까 재교부 신청이나 해두시오."

"내레 이북서 개업까지 하구 있던 사람이외다. 무슨 결격사유두 없는데 면허 말소라문 말이 안 되잖소. 나중에 관계처루 항의하겠수다."

"맘대루 하쇼. 면허 등록대장엔 당신에 관한 사항이 없는데, 당신 번호에는 딴사람이 있더라 그 말이오. 당신 면허증은 유령 번호를 달구 있다 그거야."

박은 마른 입술을 핥으며 대꾸 없이 앉아 있었다. 김이 잠바 사내를 붙들고 밖으로 끌어내며 다정한 친구에게나 하듯 반말조로 구슬렸다.

"다 알 만한 사람들인데 그럴 거 없잖아. 나 좀 봅시다. 잠깐만 보자구."

"여보쇼, 이거 놔오. 괜히 얼렁뚱땅하지 마슈. 노라니까."

"안다구요. 당신네 심정을 모르는 게 아니라구. 우리 벗구 얘기하자 그거요."

감시원은 진료부를 열심히 훑어보면서 혼잣말로 중얼거렸다.

"저 사람이 왜 저러지……?"

박은 우선 담배 한 대를 뽑아 물고 처량한 꼴골로 그에게 한 대 권했다. 감시원이 고개를 흔들었다.

"아뇨, 안 태워요. 불은 붙여드리지."

그는 혀를 끌끌 차면서 라이터를 켜 댔다. 한 모금 깊숙이 빨고 나서 박이 감시원의 옷자락을 잡아당기며 소곤소곤 얘기를 꺼냈다.

"노형, 우리 터놓구 얘기해봅세다. 같은 동포끼리 이렇게 매정할 건 또 멉네까."

"매정하긴 뭐가 매정하단 말요? 무면허 영업을 하지 말아야지."

"기쎄 기런 걸 누가 모르오. 우리 같은 사람들이 있으문 노형들두 먹구살게 마련이구, 또 알다보문 서로 편리하도록 트구 지내는 거 아닙네까?"

감시원은 펼쳐보던 진료부를 덮고 뒷짐을 진 채 창밖을 내다보고 서 있었다. 박은 그의 뒤로 다가서서 옆구리를 꾹꾹 찌르며 말했다.

"나 좀 봅세다. 얼마…… 한 장쯤 드릴까?"

감시원이 그를 밀쳐내며 멀찍이 물러났다.

"사람을 어떻게 보구…… 당신 아주 상투적이로군."

"기럼 어캤으문 좋갔소. 나 하나 쳐내뫼야 신통한 거이 머 있소?"

"이번 일은 위에서 조사하라구 직접 지시가 내려왔기 때문에 우리두 어쩔 도리가 없단 말요."

박은 그자가 혼자서는 거북한 입장이라고 말하는 뜻을 알아차렸다. 기왕에 일이 터진 김에 이번 기회에 아주 매듭을 짓고 싶었다. 박은 온 재산을 몽땅 날려도 결판을 내고야 말겠다는 오기가 났다.

"누구, 신임 과장 말이오? 기쎄 형씨들은 내가 따루 생각해주구 나서 그 사람두 만나보문 될 거이 아뇨. 그 사람이 안 된 대문 할 수 없디만 당신네야 윗사람 눈치에 따라서 처신하라우요. 내레 이런 일이 한두 번인 줄 압네까? 기런 내막쯤은 줄줄이 꿰구 있수다레."

감시원이 별로 내키지 않는다는 듯이 입맛을 다시며 곰곰이 생각해보는 모양이었다. 그는 머리를 긁적이며 말했다.

"박선생 정말 마음을 약하게 만드는군."

"난두 한 달 내에 군대 나갈 사람이오. 병원 일은 얼마 안 가

집어치울 작정이외다. 잘됐수다레, 면허 건 때문에 노형들을 만날래는 참이었소."

김과 잠바 사내가 정다운 사이처럼 손을 잡고 들어왔다. 잠바 사내는 쑥스러웠는지 그의 동료에게 말했다.

"난 이 양반이 사람 칠려는 줄 알구 겁을 먹었더니, 빠다를 바른단 말야. 이 사람 수완엔 두 손 번쩍 들겠더군."

그는 박의 무릎 사이에 상반신을 굽히고 수갑을 열어주었다. 김이 박가의 귓가에 입을 바짝 갖다대고 속삭였다.

"최소한 한 놈마다 두 장씩은 줘야 될 걸세."

"뭐 두 장씩이나?"

"자네 크게 걸렸다는군. 무면허 개업에다, 면허증 위조, 하여간에 꼼짝없이 걸린 거야."

"자넨 약사 면허 있댔나?"

"그러니까 나두 동업자로서 피를 보겠지만서두, 주인은 자네 이름으루 돼 있었지 않나."

"지금 현금이 없는데……"

"발등에 불부터 끄구 봐야지. 차용증이라두 써주구 나중에 빚을 얻어다 무마를 하세그려."

그들은 차용증을 써주었으며 저녁에 과장을 모시고 다시 만나기로 약속한 다음, 두 관리를 돌려보냈다. 박가는 병원을 정리하기로 작정을 하고 보니 후련한 마음이 들었다. 면허증을 얻어낸 뒤엔 당분간 군에 가서 군의관 노릇이나 하며 지낼 생각이었다. 그것이 나중에라도 떳떳하게 행세할 기반이 될 것 같았다. 그러나 아무리 생각해도 울화가 치밀어 견딜 수가 없었다. 한영덕씨가 병원을 그만둔 지 일주일도 못 되어 그들이 들이닥친 것은 틀림없이 무슨 관련이 있어 보였다. 그는 동창회 때의 일도 떠올렸다. 박가는 머리를 끄덕이며 중얼거렸다.

"아무래두 한씨가 고발한 거 같은데."

"뻔하다구. 그 친구 아니면 누구겠나."

"도와, 난 인제 입대하게 된다구."

"나하구 이치과 양반두 당했네. 지난번 마이싱 사건 말일세."

"그 새끼가 밥 벌어멕에준 은공두 모르구."

"작자가 수상하단 말야. 난 암만 생각해두 그치가 저쪽 사람인 거⋯⋯"

계속되려는 김의 말을 박이 손을 들어 막는 시늉을 했다.

"우리 애국 한번 해보자우."

그는 액자에서 빼낸 면허증을 발기발기 찢어버리면서 말했다.

"학교 나온 새끼들이 잘해 처먹나, 못 나온 넌석이 잘하나 어디 두고 보자. 나두 배알이 있는 놈이란 말야."

……대한민국의 온건한 사상을 지닌 국민으로서, 지금은 군문에 입대하여 장교 복무를 위해 피교육중에 있는 사람입니다. 국가를 사랑하고 정부의 안전과 번영을 염려하는 가운데 삼가 귀중한 정보 사실을 알려드리는 바입니다. 현재 부산 시립병원에서 의사로 근무하고 있는 한영덕은 평양 출생으로 1948년 김일성대학 의학부 산부인과학 교수직에 취임하여 전쟁이 발발했던 1950년부터는 당의 배려 아래 특별한 대우를 받으며 부역한 사실이 있습니다. 한은 1950년 12월에 군사기밀 수집과 간첩 조직망의 구성, 불평분자 포섭의 임무를 띠고 피난민으로 가장 남파되었음이 분명합니다. 그런 사실을 알아낸 동기는 1951년—확실한 날짜는 조회를 바람—부산에서 미군 제2기지 군사정보부에 검거되었다가 대구경찰서로 넘겨진 사실이 있다는 것을 그의 친지로부터 분명히 전해들은 일이 있기 때문이며, 국내 정세로 보아 포로 조직과 접선하여 난동을 획책하려는 북의 지령을 전달했을 용의가 짙다고 봅니다. 측근자로서 꾸준히 관찰해온 결과이오니 직접 내사하면 판명될 것입니다. 선량한 국민으로 가장하기 위하여 남에서 결혼까지 하고 가정을 마련한 다음, 52년 말부터 본격적인 동조자 포섭을 시도해왔습니다. 한은

수개월 전 평양의학전문학교 동창회를 구실로 모인 동향 의사들 중 북한에 처자를 남겨두고 월남한 세 사람을 포섭하는데 성공했는바, 그들은 성심병원 의사 조한경, 제일병원 원장 의학박사 고동수, 전내과의원장 진성희 등으로서 제일병원을 근거지로 하여 조직을 확대시키고 있습니다. 증거로는 본인에게도 은근히 포섭을 시도하다가 묵살당한 일이 있고, 김종식이란 약제사에게는 유엔군에 대한 비난을 공공연히 했으며, 월남해서 재혼한 처 윤미경에게는 이북의 정치체제를 찬양하는 뜻을 비친 사실이 있습니다. 또한 친목회를 빙자하여 틈만 있으면 고동수가 경영하는 제일병원에 모여 현정부 비판과 미국을 비롯한 우방국에의 비난으로 일관했다는 사실은 참석했던 치과의사 이필준씨에 의하여 밝혀낼 수 있을 것입니다. 특히 한은 북한 방송을 계속 청취해왔으며, 지방 출장이 잦고, 직장을 여기저기 옮겨다니며 주거가 안정되어 있지 않은 것으로 추측하건대 이번 부산으로 직장을 옮긴 것도 적의 첩자와 접선하려는 게 분명합니다. 별지에 관련자의 소재지와 증인 명단 등을 첨부합니다……

박과 김가는 약품 압수 사건으로 역시 한영덕씨를 오해한 치과의 이필준까지 끌어들여 이씨가 잘 아는 ×정보대의 문관을 통해서 투서를 접수시켰고, 박가는 또 자기대로 입대하면서 평소에 친분이 있던 HID의 모 중령을 통해 ×정보대의 대공사찰반에다 사건의 중요성을 지적하게 하였다. 정보대측에서는 오히려 반가운 사건이었다. 첩보에 관한 제보라면 근거가 있고 없고를 따지기 이전에 신경을 곤두세우던 터에 더군다나 투서라든가 타 기관에서의 특별위임 같은 일로 보더라도 확실하달 수 있는 사건이었다. 이런 성격의 정보는 수사에 힘을 들여도 밑지는 일은 없을 게 분명했다. 잘하면 적의 첩보 조직을 캐어낼지도 모르며, 어긋난다 해도 근거가 있게 먹을 구찌가 생기는 정보였다. 제보자나 피의자 쌍방이 같은 정도의 약점을 갖고 있는 것이었다. 그 무렵에는 정보기관에서 얼마든지 합법적인 관제 적색분자를 만들어내는 일이 흔하던 시절이었다.

한영덕씨는 그날 영도 쪽에 소풍을 나갔다가, 맏아들 창빈이와 비슷하게 생긴 신문팔이 소년을 만났었다. 한씨는 그애에게 점심도 사주고 구경도 시켜주었고, 바다를 배경으로 사진까지 한 장 박았다. 하숙방에 돌아와서도 그는 좀처럼 잠이 오질 않았다. 윤미경에게는 서울로 다시 가게 될지도 모르니까 한 달만 기다리라고 일러놓고 내려왔으나, 이제 두 달로 접어들었는데도 서울서 아무런 기별이 없는 것으로 보아 자리가 쉽게 나지 않는 걸로 알고 부산에 아주 정착해버릴 마음을 먹었다. 그는 먼 데서 가느다랗게 들려오는 파도 소리와 등대의 회전하는 불빛이 번쩍, 하면서 창을 훑고 지나가는 데에 신경이 쓰여서 더욱 잠이 오질 않았다. 누군가 대문을 두드리는 소리가 들려왔다. 누구세요? 하는 주인 여자의 목소리에도 대답 없이 문 두드리는 소리가 들리다가 멈췄다. 아마 마당 안에 들어섰는지 나직하게 주고받는 얘기 소리들이 들렸다. 이층으로 뛰어올라오는 구둣발 소리와 함께 창문으로부터 검은 사람 그림자가 불쑥 뛰어들어왔다. 베란다 쪽에 한 명, 그리고 문이 거세게 열리면서 또다른 한 명이 뛰어들어왔다. 한씨의 얼굴 위로 밝은 플래시 불빛이 집중해서 쏟아졌다. 한씨는 밝은 빛 뒤의 어둠에 가려진 그들의 행동을 알아보려고 애쓰면서 혹시 강도가 아닌가 착각했었다. 신발을 신은 채로 양쪽 출구를 막아선 그들은 권총을 들고 있었다.

"포위됐으니 도망갈 생각 마라."

"손들고 일어나, 벽에 붙어 서."

한씨는 손을 들고 벽에 기대섰다. 그들이 한씨의 소지품을 뒤적거리다가 뭔가 골라내어 따로 챙겨놓는 것 같았다. 한 명은 그의 등뒤에다 총구를 꾹 찔러대고 몸을 뒤진 다음 수갑으로 두 손을 채우고 포승으로 팔을 묶으려 했다. 한영덕씨는 그제서야 사태를 알아차리고 몸을 빼치려고 힘을 쓰면서 외쳤다.

"뭣 땜에들 이러시오? 내레 무슨 죌 졌다구 이럽네까?"

그자가 한씨의 장딴지를 걸어 넘어뜨린 다음 두 무릎으로 한씨의 등판을 찍어누르면서 권총을 이마에 갖다댔다.

"이 빨갱이 새끼, 순순히 잡혀갈 거지 즉결 총살을 당하고 싶나."

한영덕씨는 층계 아래로 끌려 내려갔다. 주인집의 안방에서 괘종시계가 두시를 쳤다. 문 앞에 지프차가 대어져 있었고, 또 한 사람이 담 근처를 배회하며 탈출로를 지키고 있었다. 한씨는 지프차 뒷자리에 건장한 두 사내의 어깨 사이에 끼워 앉혀졌다. 앞의 승차 책임자 사내의 껌 씹는 소리가 한씨를 더욱 초조하게 만들었다.

"어디루 가는 거요, 날 어디로 데려가는 거요?"

그들은 아무 대답이 없었다. 한씨가 다시 한번 묻자 앞자리의 사내가 고개를 돌려 그를 바라보며,

"폐양으루 가는 거다 이 새끼야."

빈정거렸는데 짧은 머리와 가느다란 눈초리는 한씨가 잘 기억해낼 수는 없었으나, 평안도 사투리의 억양 때문인지 어딘가 낯익은 얼굴이었다.

*

한영숙 여사는 유월 초부터 가게에서 침식을 하며 지냈다.
마침 하복으로 옷이 바뀌는 철이라 양장점 일이 눈코 뜰 새 없
이 바빴던 것이다. 옷감이래야 군대를 통해 흘러나온 낙하산
천과 곰보 나일론을 염색한 게 고작이었는데, 한여사는 인건비
를 줄이기 위해 일일이 자기 손으로 블라우스나 원피스를 만들
어냈다. 레이스를 재봉질로 박아내고 있는데 어떤 남자가 가게
안으로 들어서서 한여사를 빤히 쳐다보았다. 남자가 양장점에
들어온 건 드문 일이라 한여사는 당황하며 말했다.

"어서 오세요. 뭘 찾으시나요?"

"야, 너 영숙이 아니가?"

상대편에서 무턱대고 말을 놓고 반색을 했다. 저 작자가 도
대체 누구더라, 하며 한여사가 얼떨떨해 있는데 그가 또 말했
다.

"나 민상호다, 상호란 말야. 순심이 생각 안 나네?"

그제서야 한영숙씨는 그 남자가 동창생 김순심의 남편이던
축구선수 상호라는 걸 알아보았다. 작달막한 키에다 다부진 어
깨까지도 옛 모습 그대로였다.

"여게 사는 줄을 상호가 어드렇게 알아서? 더욱이나 가게를

말야."

"다 아는 수가 있단다."

그는 신문지로 연방 바람을 부치면서 신기하다는 듯 가게 안을 둘러보았다. 한여사는 사실 학생 시절부터 천박하고 능글맞았던 그를 싫어했다. 그는 숭인상업학교 축구선수랍시고는 팬티 바람으로 공을 들고 여학교 교정 앞에서 매일 어정거렸다. 그렇게 싹수가 없는 남자가 영숙씨와 제일 친했던 김순심이를 지독히도 따라다녔다. 여자란 남자를 잘 모를 때엔 속기가 쉬운 법이었다. 상호가 한참 순심이에게 연애편지를 보내온다, 뒤를 밟는다 하며 열성이더니, 열 번 찍어 안 넘어가는 나무 없다고 저희들끼리 몰래 연분을 맺고 말았던 거였다. 김순심은 평생 불행했었다. 상호는 유학 간답시고 일본에 가서는, 전수과 하나 제대로 못 마치고 낙제해서 쫓겨온 대신 임신한 여학생을 달고 돌아왔다. 그뒤엔 봉천과 안동 간의 만선철도 이동형사를 따라다니면서 보조원 노릇을 했다. 민상호는 평양서 사상범으로 몰려 만주로 빠져나가는 후배 선배 할 것 없이 눈에 띄는 대로 마구 잡아다 일경에 바쳤던 자였다. 해방이 되고 나서 한영덕씨의 친구와 후배들까지도 상호를 때려잡겠다며 별러댔으나 그는 종내 고향에 나타나지 못했던 것이다. 한여사가 삼팔선을 넘어 월남할 무렵까지 순심은 남매 자식들과 민상호의 홀어머니를 모시고 양잠을 치면서 근근이 살았다. 순심은 끝까지 민상호가 데리러 올 줄로 믿고 있었다. 한여사는 그러저러한 전후 사실을 생각해내고 그리 반가운 마음이 일어나지 않았지만, 고향 사람인데다 유일한 친구의 남편이었으므로 모른 척할 수도 없었다. 요리를 시킨다 술을 받아온다 하면서 대접을 했다.

"내레 네 오라반 만났댔다."

상호가 불쑥 말했다.

"원제…… 부산에 갔댔구나. 지금 부산에 살고 있나봐?"

"아니, 서울에서 만났디."

"기럴 리가 없갔는데, 부산 시립병원에 자리가 났다구 글루 가서요. 벌써 달포가 넘어서. 우리 올케두 연락이 오문 따라 내레 가갔다구 시자 기다리구 있는데."

상호는 빼갈을 들이켜고 입바람을 불어내며 잠깐 망설였다. 그는 한여사의 손목을 잡고 은밀하게 속삭였다.

"실은 그 일 까탄에 널 만날라구 온 거이야. 너의 오라바니 신변에 무슨 일이 생겠다. 지금 서울에 올라와 있디."

한영숙씨는 가슴이 덜컥 내려앉았다.

"무슨 일, 혹시 어디 다치신 거 아니가?"

"나 관계하는 일이 있는데 말야―미리 알아두라―나 거저

사무나 보는 문관이다. 서류를 뒤적뒤적 들체보는데 사진이 부
테 있구 본적이며 이름이 나와 있디 않간. 한영덕이라고 어드
메서 자주 듣던 이름이야. 대뜸 네 생각이 나두나. 기전에 왜
숭실전문 대운동장에서 뿔을 함께 찼잖았네? 기래 사진을 자
세 보니끼니, 너의 오라바니 콧대 옆에 물사마구 있디 않던?
틀림없을 거이야."

한여사는 더이상 물을 필요도 없었다. 대구와 부산에서의
일, 민상호, 서류 그리고 서울 모처……

"어디 붙들레 들어가신 거 아니야?"

"얘기 좀 들어보라. 갈데없이 영덕이 형님이더라 기거야. 내
레 쫓아가봤디. 날 부테잡구는 반가워서 우시두나."

"똑바루 대라우, 우리 오라반 지금 갇헤 있디?"

"정보대에 구속돼 있다."

"아이 어머나나! 이 일을 어카갔나. 무슨 죄목으루 들어가셨
는디 넌 알갔구나, 잉."

"하두 어마어마해서 난두 말을 잘 못하가서. 오라반 친구들
두 셋이나 잡헤왔더라 야. 기래 여겔 가르테주멘 영숙이나 내
자한테 좀 알레달라구 부탁하두나."

한여사는 새끼 호랑이인 줄을 짐작하면서도 그래도 고향 사
람인데 잘 봐주겠지 하는 기대를 버리지 못하고서 돈까지 봉투

에 넣어주었다. 뿐만 아니라 이북에서 한씨가 교수 노릇 하던 일, 죽을 뻔했던 일, 월남한 뒤 부산 포로수용소 근방에서 잡혔다가 대구경찰서로 넘겨져 한 달간 고생한 일들을 모두 얘기해주었다. 그리고 면회를 시켜달라며 상호와 약속을 했던 거였다.

한영숙 여사에겐 도강증이 없었다. 차일피일 미루다가 직장이 시내에 있는 사촌 여동생에게서 증명을 빌려가지고 강을 건너기로 했다. 윤미경과 함께 가야 되겠으나, 한여사는 그 여자가 미덥질 않았다. 별수없이 올케라고 부르긴 하지만 어디서 근본도 모르던 다방 마담이 나타나 아우님 어쩌고 하는 게 고까웠다. 한여사는 기름진 음식을 장만해서 보퉁이에 싸들고 오빠를 만나러 갔다.

×정보대의 건물은 구일본 헌병대가 쓰다 남겨놓은 낡고 어둠침침한 목조 가옥이었다. 울긋불긋한 부대 표지판이 정문 앞에 걸려 있었고, 건물의 반쯤은 함석 퀀셋이었는데 눈부시도록 하얀 페인트가 칠해져 있었다. 건물의 주변에 역시 흰 페인트로 칠해진 돌로 둘러싸인 화단이 있었다. 멀리서 정문만 보게 되면 꼭 병원이나 소년단의 캠프처럼 산뜻하고 앙증맞아 보였다. 그러나 하얀 간이 막사에 달린 창 위로 굵다란 쇠 철망이 쳐져 있고 그 안이 그늘져 시꺼멓게 보이는 게 몹시 부조화스러웠다. 정문 위병이 한여사의 신원을 기록하고 나서 면회실로

가보라고 가리켜주었다. 면회실은 낡아빠진 목조건물이었는데 먼지가 켜로 앉은 마루에는 군데군데 구멍이 뚫어져 있고, 구멍 틈마다 쓸어박은 계란 껍질이나 과자봉지들이 가득차 있었다. 한여사처럼 음식 보퉁이를 장만해온 아녀자들이 몇 명 앉아 있었다. 그들은 서로가 이런 장소에서 얼굴을 보이기가 두려웠는지, 제각기 구석자리에 떨어져 앉아 있었다. 한여사는 민상호와 면회실에서 만나기로 했었는데 약속 시간이 삼십 분이나 지나가고 있었다. 문짝 대신 싸구려 천을 드리워놓은 통로가 이 방의 유일한 출입구였다. 헌병이 무장을 풀고 출입구 앞에 앉아서 인절미를 먹고 있었다. 그 옆에서 애기를 업은 아낙네가 떠들고 있었다.

"기런 나쁜 놈의 새끼들 까탄에 통일이 안 되디요. 그저 저 놈, 하구 찍어대기만 하문 덮어놓구 데레다 족치는 판이지 뭐야요."

그 여자는 치맛자락을 끌어올려 눈물을 씻었다. 면회실 안의 모두가 그쪽을 바라보았다. 한여사도 뭔가 울컥 치솟으려는 느낌을 목에 힘을 주며 참았다. 여자의 오열이 높아지기 시작했다. 헌병이 당황하여 무장을 챙기며 말했다.

"그만해두슈. 아, 그런 걸 높은 사람들이 알아줘야지. 당신 남편이 잘한 것두 없는데 뭘 그러슈."

"우리 쥔어른이 상관한테 발질한 것은 잘못인 줄 알아요. 하디만 빨갱이라구 몰아세우문 우린 누굴 믿구 어드메루 가서 살란 말이야요?"

헌병이 여자의 팔을 잡아 면회실 바깥으로 데려가려고 했으나, 여자는 의자에 앉은 채 몸부림을 쳤다.

"거저 슬프고 배신당한 느낌이디요. 우리가 멀 바라고 남으루 남으루 내레왔갔시요. 돈 없으문 생짜로 죽으란 말입네까."

밖으로 이끌려 나가며 여자는 말했다.

"우리가 왜 수모를 당해야 하누, 빽 없이 서러워서 어찌 살갔나."

초라하게 몸을 움츠리고서 음식을 먹고 있던 사람들은 멍하니 출입구 쪽을 바라보고 있었다. 주위가 조용해졌다.

"한영숙씨, 전화요."

매점 남자가 소리쳤다. 한여사는 수화기를 건네받았다. 상호의 목소리가 흘러나왔다.

"오, 나야, 상호라구. 거겐 다른 사람 눈두 있으니끼니 일루 들오라우. 내 이름 대문 통과시킬 거이야. 면회실서 나와개지구 그 자갈길을 따라서 죽 올라오라."

"우리 오라반 데리구 나오지 못하는 거이가?"

"이 전화루는 곤난하대두 기러누나. 직접 오라, 내 말해줄

106

겐. 길 따라오다가 왼편에 지투라구…… G 말야, 그러구 2번 알갔네? 기리케 써논 콘세트가 이서. 그 앞으루 창고 비스름한 건물이 있다. 글루 오라우. 우리 사무실인데, 지금 거지반 점심 먹으레 가구 없다."

"갈껜 꼭 모시고 나와야 해."

응답 없이 전화가 끊어졌다. 한여사는 경비 부대와 정보대 사이에 이중 철조망을 친 초소로 갔다.

"민상호씨를 만나레 왔는데요."

초병이 전화를 걸어보더니 통과를 허용했다. 자갈길 양옆에 늘어선 퀀셋 건물들 중에 두터운 휘장으로 가리어진 철망의 창이 보였고, 안에서 큰 소리로 싸우는 듯한 남자들의 음성이 철판을 울리며 두런두런 흘러나오고 있었다. 한여사는 걸음을 빨리해서 그곳을 지났다. 민상호가 사무실 앞길에 서서 한여사를 기다리고 있었다. 두 사람은 창고 비슷해 보이는 목조건물로 들어갔다. 베니어판으로 실내의 저쪽 반쯤을 막아놓았는데 이편에는 의자와 군용 나무 침대, 장기판 같은 게 어질러져 있었다. 빠끔히 열려진 문틈으로 군복 바지에 남방만을 걸친 야비해 보이는 뚱뚱보 사내가 우동 국물을 들이마시고 있는 게 보였다. 그의 의자 뒷벽에 군인 정복과 군모가 걸려 있었는데 상사 계급장이 붙어 있었다.

"너이 오빠는 못 나온댄다. 내가 너한테 사실은…… 요령을 좀 가르테줄라구 불러서."

"도대체 우리 오라반 죄목이 뭐라든?"

상호는 의자에 놓인 보퉁이를 기웃이 넘겨다보더니 천연덕스럽게 음식을 꺼내 먹기 시작했다.

"난두 잘 모르갔디만 아마 간첩이래는 모낭이더라."

한여사는 눈앞에 불이 번쩍, 하는 느낌이었다. 그 불이 침침한 어둠 가운데서 불길하게 번져가는 꼴이라도 본 듯했다.

"살라구 피난 나온 분이 사지루 찾아왔가서? 누구레 모함일 거이야. 어캐 무턱대구야 나라에서 간첩으루 여기갔나. 분하구 억울하구나."

상호는 줄기차게 음식을 집어먹다가 주위를 두리번대더니 소곤거렸다.

"너이 오빠가 이북서 사명을 띠구 내레와 친구들을 포섭해선 활동중이었다는 거야. 확실한 증거를 잡았대누나."

한여사가 음식 보퉁이를 낚아챘다. 그 여자는 눈언저리가 붉어졌다.

"너 멕일라구 가져왔는 줄 아네. 오라바니 못 잡수시문 내 새끼들이나 멕에야가서."

"혹시 또 알간, 데켄 애들은 부모처자 간에두 서로 속셈을 모르니끼니. 오라바니 마음이야 네레 알갔느냐 이거야."

"무슨 소리야. 지금 일정 땐 줄 알았단 너 큰코다친다. 난세니까 너 같은 거이 붙어 밥을 먹디. 너이들은 거저 다 똑같은 년석들야. 위구 아래구 할 거 없이."

한여사의 음성이 높아지자 민상호는 당황하며 그 여자의 어깻죽지를 두드렸다.

"야야, 누구레 듣갔다. 창피하게…… 음성 좀 낮추라. 날 통해 위에다 손 좀 쓰문 너이 오라바니쯤은 빠제나갈 수 이서요. 이걸 좀 쓰라우."

상호가 엄지와 검지로 동그라미를 만들어 보였다.

"높은 사람이 이 사건 조사를 강력히 지시했으니, 맨손 개지군 힘들 거이야."

한여사의 얼굴은 차디차게 굳어 있었다.

"무슨 돈이 있다구 너이들 입에다 처넣을까. 난 울 오라반 죽어두 도와요. 끝까장 뿌리를 캐구 말 거니끼니."

상호가 은근히 위협조로 나왔다.

"넷날에 넌두 기랬대서. 너이 형젠 원체가 데켄 쪽 사상이 쌨디."

"이런 무식한 거야, 사상하문 거저 빨갱이밖엔 모르누나."

민상호가 한여사에게 꺼낸 얘기의 근거란, 고녀 졸업반 때

그 여자가 관계했던 천도교 학생회를 말하는 거였다. 그때 서문고녀에서는 한여사 외에도 순심이와 다른 여학생 두 사람이 참가했었다. 일본에서 돌아온 유학생들이 주동이 되어 남녀 후배 학생들에게 조선 역사와 세계정세를 가르쳐주던 모임이었다. 선배들이 일경에 입건되는 바람에 모임은 해산되고 말았던 것이다. 그런 일을 처를 통해 알고 있는 민상호가 제 딴에 협박이라도 하는 것 같아 한여사는 분통이 끓어올랐다.

"아이, 이런 머저리 보라. 이러니끼니 순심이 심당을 칵칵 쑤세났디. 내가 빨갱이문 네 에미나이두 빨갱이구, 남편인 너두 빨갱이로구나 야."

상호는 피식피식 웃기만 했고, 한여사는 분을 참느라고 이를 악물었다. 길 건너편 G2 건물에서 카랑카랑하게 곤두선 사내의 날카로운 음성이 들려왔다.

"뭐야 이 새끼, 거짓말이 아니란 말이지? 증거가 확실한데 부인할 수 있나."

한껏 높여진 비명이 비인간적인 음조로 갈라지며 흐느꼈다.

"다시 한번 읽어봐. 네가 쓴 거야."

추위에 떠는 듯한 남자의 신음이 계속되다가 기침으로 변했다. 한여사는 갑자기 어찔어찔해져서 땅속으로 잦아들 것만 같았다. 발작적으로 기침을 터뜨리고 있는 사람은 분명히 한영덕씨였기 때문이었다.

한여사는 정보대에서 정신없이 나와 방향도 분간 못하고 몇 시간이나 걸었다. 거리에서 곁을 지나치는 사람들이 한여사를 정신 나간 여자로 알았는지 힐끔힐끔 쳐다보면서 지나갔다. 어디라고 마음을 붙일 데가 없었다. 믿을 만한 친척도 없었고, 높은 사람들 중에 아는 사람도 없었다. 그제서야 한영숙씨는 민상호가 자기를 찾아왔던 게 사실은 정보수집 겸 용돈을 뜯기 위해서였다는 걸 알았다. 투서를 접수시킨 것도 상호 그자일 테고, 물론 이전에 벌써 미리들 짜고 있었을 거였다. 나중에 알았지만 부산으로 체포하러 내려갔을 때에도 상호가 한영덕씨의 얼굴을 안다며 자청했던 것이다. 전쟁에 남편을 잃고 홀몸으로 사는 한여사는 혈육 한 점 오빠가 그 꼴이 된 걸 보고 나서 혼이 빠질 수밖에 없었다. 한여사는 거리를 혼자 걸어가면서 그 많은 사람들 가운데 있는데도 속이 떨리며 무서웠다. 모두들 달려들어 자기를 때려죽여도 누구 한 사람 말려줄 것 같지 않았다. 적삼 등뒤가 젖을 정도로 무더운 날씨였으나 한영숙 여사는 춥고 떨리는 기분이었다. 그 여자는 수도 육군병원으로 서학준씨를 찾아갔다. 서씨가 한여사의 멍청한 몰골을 보고 놀라면서도 반가워했다. 서학준씨는 며칠 전에 증인심문을 받으러 갔다 왔다는 거였다.

"동창회가 어떻게 이뤄졌구, 목적은 뭐이댔느냐 묻더군요. 거기 참석한 사람 전원의 소재를 말해달라, 또 한영덕이가 북에서 당의 신임을 받고 특별대우를 받은 게 사실인가, 하는 걸 시시콜콜히 묻습데다."

눈치로 보아 서학준씨 자신도 현역군인이 아니었으면 의심받을 것 같았다는 얘기다.

"누구래 멫멫이 짜구 투서를 써넣었대는 거까진 알아냈습데다. 한군 말구두 고박사, 조씨, 전씨, 셋이서 잡혀들어갔시요. 기러티만 주요인물은 한군이구 다른 이들은 영덕이 혐의를 확정시케주느라구 둘러리루 께무테 들어간 게 확실합데다."

한영숙 여사는 서학준씨와 상의를 해서 한씨가 법원 쪽으로 넘어오기만 바랄 수밖엔 별도리가 없었다. 얼마 후 제일 먼저 전내과병원의 전성학씨가 풀려나왔다는 소식이 들려왔다. 한 여사는 꼭 내막을 밝혀, 투서 넣는 데 가담한 자들을 낱낱이 알아내어 무고죄로 소송을 뒤집어엎고, 정보대에 있는 자들까지 함께 고소해볼 결심을 했다. 가게를 정리해서 어떻게 오빠를 빼낼 방도가 없는 것도 아니었지만, 그런 다음에 생계를 꾸려나갈 일이 아득했다. 그 여자는 여자의 한으로 오뉴월에도 서리가 맺힌다는 말을 떠올렸다. 아무리 혼란기라 할지언정 법치국가라고들 하니까, 여자 혼자 싸워본들 죽을 일이야 없을 거라며 한영숙씨는 다부지게 마음을 먹었다. 나중에 변호사에게 증거자료로서 내놓기 위해 한여사는 자기가 알게 되는 새로운 사실들을 상세히 메모해나가기 시작했다.

한여사는 전내과병원을 방문했다. 전성학씨의 얼굴이 퉁퉁 부었고, 그는 더운물 찜질을 하며 누워 있었는데 한여사가 찾아온 것을 꺼리는 눈치였다. 한여사가 오빠의 소식을 물었다.

"예, 꼭 한 번 대질심문 때 봤습네다. 눈에 눈곱이 끼구 입술이 터져선 피가 맺힌 몰골입디다."

전씨도 혼자 내려와 여기서 새로 가정을 꾸몄는데, 단신 월남한 이유를 물었다고 했다.

"제일병원에 모여서 뭘 했는가를 주로 조사받았시요."

"많이들 맞으셨나요?"

"아니, 그런 일은…… 절대로 없습니다."

전성학씨가 낯빛을 고치며 극구 부인했고 그의 아내가 말했다.

"쥔어른이 피곤하시니, 제발 돌아가주세요."

한여사가 자기도 오빠를 빼내고 싶다면서 방법을 가르쳐달라고 전씨 아내를 졸라 두 가지 사실을 알아냈다. 전성학씨는 정보과장 앞으로 ○만환을 주었고, 부인이 선물을 사가지고 계장 집을 드나들었는데 ○만환의 비용을 썼다는 것이다. 이치과 남자가 증언하고 있는 모습을 지나치다 본 적이 있다고 했으며, 민상호로 짐작되는 군속 비슷한 정보대원을 이치과네가 찾아다니더라는 얘기도 했다. 한여사는 사촌동생에게 민상호가 다녀갔다는 걸 뒤늦게 알았다. 모두 세 차례에 걸쳐서 ○만 ○천환을 주었다는 거였다. 민상호의 말로는 한영덕씨가 모든 피의 사실을 시인했다는 것이다. 민상호는 말했다.

"요즘은 돈이면 사형두 면한다 기거야. 지금 정보대에 그 비슷한 건으루 들어온 사람들이 한둘이 아니다. 개중엔 돈을 쓰거나 유력한 인사의 힘을 빌레선 풀레나가는 사람들두 있디만, 실형을 언도받구 복역하게 되는 사람두 많다 말이야."

성심병원 조한경씨도 찾아간 한여사를 처음엔 만나려 하지 않았다. 조씨는 아마도 자유당의 어느 정치인을 통해 청탁을 넣었던 모양이었다. 동창회 사건과 면허 취체에 걸린 일을 오해하고 앙심을 품은 박가를 중심으로 투서가 작성되었음을 한여사는 짐작하고 있었다. 조씨가 정보대에서 겪은 일에 관해서는 입을 열려 하지 않았지만, 어이없다는 듯 한숨을 내쉬며 석방되던 일을 얘기했다.

"전화를 받자마자 나가래니 이런 엉터리 석방으루 미뤄봐서라두 억지 구속이댔시요."

"제일병원에 놀러가셨던 일을 어째서 추궁하멘 그랬을까

요?"

조씨는 한여사를 경계하는 빛으로 조심스럽게 말했다.

"병원 개업 일주년이라구 기래서 고박사가 한턱 썼디요. 난 꼭 한 번 갔댔시요."

"거기서 무슨 꼬투리 잡힐 말이라두 나왔댔나요?"

삼팔선 문제와 휴전을 추진하고 있는 미국에 관한 얘기가 오고갔을 뿐이라고 그는 말했다. 한여사는 혹시나 하는 마음으로 그 자리에 평양 출신의 이필준이라는 치과의사가 없었느냐고 물었다. 아니나 다를까, 그자가 거기에 있었던 것이다. 서학준씨와 고동수 박사가 한여사를 찾아와 한영덕씨가 검사의 관할로 이미 넘어가 서대문형무소 미결감에 있다는 사실을 알려주었다. 담당 검사는 정보부장검사로 있는 사람인데 그가 기소했던 사건 중에 죄 없이 고생만 하다가 석방된 사람이 많다고 했다. 고박사도 그 점을 염려하고 있었다.

"군대 기관과 손을 잡구, 권력의 허수아비가 되어 있는 작자라서 마음이 놓이질 않아요."

서학준씨가 말했다.

"우리는 그럼, 그 방면에 수완이 있는 변호사를 세우자우요."

고박사는 상처가 아직 아물지 않은 정강이뼈 위를 보였다.

손톱 사이의 흉터 세 군데를 보이며,

"이 작은 살갗이 상하는데두 고통이 무시무시했시요. 차라리 총이나 칼루 기렸으문 참기가 쉬웠을 거외다."

"오. 하나님."

한여사는 오빠가 당했을 고초가 어느 정도였는가를 감히 상상할 수도 없었다. 고박사가 말했다.

"솔직히 말해서 돈을 좀 썼시다. 그켠에서 구두루 청구해오더군요. 교제비 조로 얼마, 무마비루 얼마쯤 들어갔습네다."

고박사는 풀려나오기 전날, 마지막으로 한영덕씨와 대질심문을 받았었다. 창에 두꺼운 커튼이 가리어져 있었고, 희미한 전등 불빛이 천장에 매달려 있었다. 고박사는 눈부신 햇빛 속을 걸어와 심문실에 들어서자, 처음에는 그 안에서 무슨 일이 벌어지고 있는지 종잡을 도리가 없었다. 그는 짧고 힘없는 남자의 신음이 잠깐씩 이어지는 소리를 들었다. 어둠이 눈에 익어오자 철제 의자 위에 남자가 묶이어 있었고, 그의 맞은편 책상 앞에 뚱뚱한 몸집의 심문조장이 앉아 호통을 치고 있는 게 보였다.

"여태껏 조서에다가는 모든 피의 사실을 인정해놓고, 진술서에 서명날인을 안 하겠다는 건 말이 안 되잖나? 한 바퀴 더 돌려."

달달거리며 쇠붙이가 돌아가는 소리가 들렸다. 심문병으로 보이는 사복 청년이 야전용 전화기의 발전 페달을 돌리기 시작했다. 전선의 끝이 의자 뒤로 묶이어진 남자의 양손 엄지손가락에 매어져 있었는데, 점차 회전 속도가 빨라져 전압이 올라갈수록 그의 입에서는 지쳐빠진 신음소리가 새어나왔다. 고박사는 조장 앞으로 인도되었고, 심문받는 사내의 오른쪽 책상머리에 앉혀졌다. 그제서야 고씨는 머리를 축 늘어뜨리고 실신 직전에 있는 남자가 한영덕 후배임을 알았다. 한씨 옆에 붙어섰던 자가 머리카락을 뒤로 잡아당겨 얼굴을 치켜올렸다. 한씨는 고개를 뒤로 잦히고 한동안 안면 근육만을 조금씩 움직이고 있더니 눈을 떴다. 심문조의 한 사람이 조장에게 말했다.

"좀 쉬었다 해야 되겠습니다."

"괜찮아. 죽지 않으면 된다구. 새끼가 보통 악질이 아니란 말야. 야, 눈떠, 나를 똑바루 봐. 이 사람이 누군지 기억나나? 이 새끼 눈뜨라니까, 왜 감는 거야. 이 사람을 아는가 말야."

한영덕씨는 넋 나간 시선으로 고박사를 응시했다. 그의 눈은 수 주간에 걸친 극심한 수면부족으로 붉게 짓물러 눈곱이 끼어 있었고, 온 얼굴엔 멍든 자국투성이였다. 한씨가 간신히 알아볼 정도로 희미하게 고개를 끄덕였다.

"다시 한번 묻겠는데, 1953년 4월 23일에 제일병원에 모여

뭣들을 했나?"

"개업 기념일⋯⋯"

한씨가 간신히 대답하기도 전에 조장이 그의 면상을 주먹으로 질렀다.

"이 새끼가 이제 와서 또 딴소리야. 심문을 첨부터 다시 해야 되겠나?"

"너 또 코루 물 먹구 싶나. 매운탕 한 주전자 부어줄까?"

조마조마해 있던 고박사가 심문병을 제지하며 말했다.

"제가 대신 말씀드리디요. 이 친구레 시자 대답할 기력이 없어 보입네다. 제가 말씀 올린 댐에 이 사람이 시인만 하문 되잖습네까."

"좋아, 말해봐."

"개업 기념일은 틀림없었습네다. 술들을 한잔씩 하구 나선 갈 사람은 가구 몇몇이 남았디요. 우리 네 사람 외에두 기적에 여들 사람이 있댔시요. 한영덕이가 삼팔선은 이차대전에서 이긴 강대국이 서로의 이해관계를 견제하려던 결과였다구 말했습네다. 난두 찬성하멘서 정부 형태가 없다구 일방적으루 국토 안에 거주하는 민족을 강국의 행정적 임시 방침에 희생시킨 군사 조처였다구 기랬습네다. 아시다시피 저이들은 고향을 떠나 가족하구두 생니별을 겪어야만⋯⋯"

"아, 알았어. 바로 그런 게 불순한 얘기라구. 이 부분의 조서 내용을 읽어줄까? 너희들이 진술했던 내용 말이야. 자, 여기…… 피의자는 1953년 4월 23일 제일병원에서 현정부를 비판하고, 미국을 위시한 우방 연합국들을 비난하는 성질의 불법집회를 가진 적이 있는가? 네, 시인합니다. 조사에서 밝혀진 바에 의하면 너희들은 거기서 정기적으로 불법집회를 가졌다 그 말이야. 여기 한영덕 피의자가 주로 의견을 말했고, 너희는 절대적으로 찬성하지 않았는가?"

조장은 눈을 부릅뜨고 고박사를 노려보았다. 그가 의자를 차고 곧 일어날 것만 같아 고씨는 온몸이 시멘트 바닥에 납작하게 눌리어지는 느낌이었다. 심문 받던 첫날, 그가 하도 억울하고 답답해서 얼떨결에 책상을 치며 아니라고 소리치다가 네 명의 심문조에게서 발길질로 몰매를 맞았던 것이다. 고박사는 침을 꿀꺽 삼키고 나서 대답했다.

"네…… 했습니다."

"야, 정신이 드나?"

한영덕씨가 눈을 멀거니 뜨고 표정 없이 공허한 시선으로 조장을 바라보았다.

"아까 읽어준 진술서에 서명날인을 하겠나?"

"나는 진술서를 쓰지도 않았소."

"이 악질…… 네가 말한 걸 우리가 받아쓰지 않았나?"

"나는 피난민일 따름이오."

한씨가 고개를 흔들었다. 그는 한사코 의식을 명확히 갖기 위해 애쓰는 듯이 보였다.

"그래 부산에서 아무도 안 만났다는 데까진 좋다. 북한 방송을 청취했구 왜 현정부를 비난했나. 다 시인했잖나?"

"나는 살기 위해 월남했소."

"어라, 이 새끼 인젠 동문서답까지…… 아주 죽여버릴 테다. 너 자꾸 오리발 내밀다간 귀신두 모르게 죽어 없어진다."

조장이 벌떡 일어났다. 그는 가슴에 매달린 리볼버 권총을 뽑아 총열을 꺾고 탄환을 재었다. 그러고는 총구를 한영덕씨의 관자놀이에 찰싹 갖다붙이고 방아쇠에 손가락을 건 채 회전 탄창을 자르르 돌렸다.

"죽인다. 넌 간첩이야, 간첩. 네 따위 하나쯤 죽여봤자 전시에 누가 알 상싶으냐. 쏜다…… 지금 당장!"

"나는 피난민이오……"

조장이 권총 대가리로 한씨의 볼따구니를 내질렀고, 그는 묶인 의자와 함께 바닥에 쓰러져 나뒹굴었다. 조장은 참을 수가 없다는 듯 의자째로 한영덕씨를 일으켜세워 무릎으로 그의 배를 걷어찼다. 헉, 하면서 한씨의 몸이 기역자로 꺾이어 축 늘어졌다.

"개새끼, 내 교대하기 전에 서명을 하지 않으면 아주 씹어먹어버릴 테다."

심문병은 한씨의 머리카락을 잡아 일으키며 싱글싱글 웃었다.

"딱한 양반이로군."

그들은 서로 끗발 내기를 하는 도박꾼들처럼 대결했다. 그들은 아직도 한씨에 대한 확실한 피의 사실을 잡아낼 만한 정보를 갖지 못했고, 안다면 투서에 밝힌 사연과 그가 북에서 교수 노릇을 했다는 것, 단신 월남한 뒤에 살아온 생활 상태 같은 사실들뿐이었다. 그들은 일정한 시간을 가리지 않고 예측할 수 없이 조를 바꾸어 심문했다. 한씨는 새벽에 어스름한 잠에서 깨어날 무렵 끌려나갈 때도 있었고, 하루종일 혼자 놓아두었다가 초저녁에 느닷없이 달려들어왔다. 조서를 끝막음하던 사흘 동안 한영덕씨는 한잠도 자지 못했다. 광도 높은 백열전등을 한씨의 머리 위 정면과 측면에 켜놓고 세 사람의 심문자가 저쪽 어둠 속에서 번갈아 재빨리 질문했다. 대답이 늦을 적마다 드러내놓은 정강이 위에 곤봉의 타격이 가해졌다. 한씨는 극심한 피로 때문에 눈물을 줄줄 흘렸고 나중에는 침까지 흘렸다. 영원히 비정한 백주白晝가 끝나지 않을 것만 같았다. 그가 자동

적으로 고개를 떨구고 졸게 되면 콧구멍 속으로 고춧가루 섞인 물을 들이부었다. 한씨는 그때에 교수도 의사도 피난민도 아니었고 미친 시대 위에 놓인 한갓 고깃덩이일 따름이었다.

구속에서 풀려난 고박사는 어느 거리에 내려졌었다. 땅거미가 가로수들을 검은 거인처럼 변모시키고 있을 무렵이었다. 그는 방향감각을 잃고 무작정 불빛이 환한 야시를 따라 방황했다. 잡다한 인파 속에서 사람들과 부딪칠 때마다 그는 놀라서 반대쪽으로 돌아서곤 했었다. 고박사는 같은 길을 세번째나 지나가고 있는 자신을 깨닫고 행상 여인에게 여기가 도대체 어디쯤 되느냐고 물었다. 그 여자가 말했다.

"남대문시장두 모르세요?"

*

한영숙씨는 아무래도 윤미경이란 여자가 마음에 걸려서 찾아가보기로 했다. 저쪽 패거리가 아닌가 의심은 갔으나, 지금 칠 개월 된 오빠의 애를 가진 채 만삭의 몸으로 혼자 집을 지키고 있을 생각을 하니 한여사 자신이 너무 무관심했던 게 뉘우쳐졌다. 윤미경은 시름없이 누워 있었다. 이제 겨우 국민학교 일학년인 진용이라는 애가 옆에 붙어앉아 약 심부름을 하는 꼴을 보고 영숙씨는 더욱 후회가 되었다. 한여사의 핏줄은 아니지만, 고모님 오셨느냐고 인사하는 게 측은했다. 방안에서 담배 냄새가 나는 것 같았다. 한여사가 의아한 생각이 들어 주위를 두리번대노라니 윤미경이 말했다.

"김종식이란 약제사가 왔었어요."

한여사는 기분이 야릇해졌다. 주인도 없이 여자 혼자 있는 집엘 남자 녀석이 뭣 하러 드나드는가 의심스러웠고, 더욱이 김가는 투서 계획에 함께 모의한 놈이기 때문에 더욱 기분이 나빴다.

"그자가 뭣 땜에 왔습디까?"

"내일 이치과 집엘 들러보라구 하더군요."

"거긴 멀 하러 들르래요?"

"그분과 같이 있던 감방 동료가 석방되어 왔더래요. 내일 거기 들르기루 했는데 소식도 물을 겸, 면회 절차나 알아볼라구요."

"난 형님이 다 알구 있으리라 짐작해서요. 박가랑 김가, 이가, 셋이서 오라바닐 투서해 넣었다는 거 말이야요."

한여사가 넌지시 찔러넣자 윤미경은 울먹이며 순순히 고개를 끄덕였다. 한여사는 짐작이 맞았다고 반기며 놓치지 않고 자세히 물었다. 자기는 다만 속았을 뿐이라는 거였다. 임시로 이용당해서 산다는 김가의 얘기를 하루에도 꼬박 세 번씩 듣다 보니 참말인가 믿어지기도 해서 임신까지 한 자기 신세가 서러웠다고 윤미경은 말했다. 김가와 박가는 주인이 수상하다는 둥, 사상이 아무래도 저쪽 같다는 둥, 증거가 뚜렷하다며 노상 얘기했다는 거다. 그리고 박가가 말하기를,

"바른대루만 얘기하문 용서받을 사람이야요. 아주마니가 한 선배를 새사람으로 만들어야디요. 이북 노래나 이북 얘기 같은 거 안 합데까? 나중에 속인 게 드러나문 아주마니두 간첩 아내 루다 징역 살게 됩네다."

여러 차례 위협을 하는 바람에 귀찮고 겁도 나서 투서 같은 건 꿈에도 생각 못하고 아무려나 생각나는 대로를 말해줬다는 것이다. 윤미경은 눈물을 흘리며 얘기했다.

"언젠가 그분이 술에 몹시 취해 들어오셔서─고향에 돌아가고 싶다. 죽어도 가족들 옆에서 죽을 걸 그랬다. 나도 한때는 대학교수였는데 무면허 의사의 낙태 뒷수습이나 하며 지내게까지 되었으니 차라리 의업을 택한 게 잘못이었다─그러시던 기억이 나서 그대루 말해줬지 뭐예요. 어느 날 아침에 일어나셔서 능라도의 수양버들이 어떻구 하는 노랠 부르시길래 그걸 말한 것뿐이에요."

"오늘 김가가 다른 말은 안 했시요?"

"아이를 못 떼면 고아원에나 맡겨버리구 새출발하라는 거예요. 간첩으루 거의 확정된 거나 다름없대요. 십오 년쯤의 언도를 받을 것 같다는군요. 아우님, 팔자가 사나워 일부종사를 못한 년이 삼혼까지 하면서 살아 뭐하겠어요? 그분이 내가 말실수한 걸루 붙들려가신 것만 같아 지금 죽고픈 심정뿐예요."

한여사는 윤미경이 진심으로 걱정하는 모습을 보니 어리석긴 할망정 악한 여자는 아니라는 생각이 들었다.

"왜 진작에 아우와 의논하지 않아서요. 나중에 저쪽을 무고죄루 고소할 땐 사실대루 얘기하라요. 형님은 몸이 불편하니끼니 내일 이치과에 갈 생각 말구 집에서 쉬라우요. 대신 내 혼자 가서 동정을 살펴갔시요."

한영숙 여사는 돌아오는 길에 곰곰이 생각해보았다. 아마 저쪽에서도 무고죄로 고소당할 것을 몹시 두려워하고 있는 게 분명했다. 처음엔 한영덕씨가 어느 정도 혼이나 나고 금방 나올 줄 알았는데 검찰에까지 넘어갔으니, 이쪽의 태도 여하를 저쪽에서 궁금히 여기고 있을 건 뻔한 노릇이었다. 한여사가 집에 도착하니 서학준씨에게서 재판 준비로 변호사를 만나보라는 전갈이 와 있었다.

사건을 검토해본 변호사는 심히 우려하는 듯한 안색을 했다. 그는 깡마른 턱을 자꾸 쓰다듬으며 고개를 갸우뚱해 보였다.

"검찰에는 요즈음 이런 사건이 무더기로 밀려들어와 있습니다. 물론 북한 사람들이 반 이상입니다."

서학준씨가 말했다.

"예감이 어떻습네까. 재판에까지 회부될 사건이라구 생각하시나요?"

"글쎄요, 내 법률 지식으로는…… 이 정도의 희박한 증거를 가지고 기소를 할 수는 없겠습니다만, 곤란한 점이 전혀 없는 건 아닙니다. 가령 사건의 성격 자체가, 간단히 증거불충분으로 단정지어 구속을 해제해버리기엔 국가 보안상 중대한 문제를 갖고 있다고 보는 경우, 공소를 보류시킨 다음에도 검사는 피의자를 관할 경찰서에 요시찰 인물로서 계속 감시 관찰을 위임할 수가 있고, 증거조사를 위해 수시로 소환할 수도 있습니다."

한여사는 변호사의 뜨뜻미지근한 말투에 애가 달았다.

"선생님, 무고죄루 소송을 걸라구 기러는데요. 정보대 놈들두 함께 말이야요."

"네, 부인의 메모는 제가 아주 유효적절하게 참고해가면서, 주의해서 살펴보았습니다. 역시 그런 식의 추측만 가지고는 일방적이란 인상을 주기가 쉽고, 한선생의 불리한 입장과는 또 틀립니다. 만약의 경우에는 정보 제공이 애국이 되었을 수도 있었다. 그 말입니다. 또한 물적 증거가 없습니다. 가령 투서를 작성하는 데 관계한 장본인들의 자백이라든가, 투서를 우리가 입수해서 보관하고 있다든가 하는 뚜렷한 증거 말입니다. 이런 상태로 무고하게 피해를 받은 사실을 경찰이 수사해줘야 하겠으나, 경찰은 정보대의 직무에 개입할 권한이 없습니다. 정보대는 선의의 피해자가 있을 수도 있다는 전제 아래, 현재 전쟁을 수행하기 위해서는 약간의 과오라도 범할 권한이 있다는 것입니다. 특히, 보안상의 문제에서 그들은 믿을 만한 정보를 입수했었다는 선까지만 밝혀주면 그뿐일 테죠."

"기럼 억울하구 원통하게 당한 사람은 어카구요. 생사람을 춘향이식으루 때레잡는 거이 민주국가야요?"

"부인, 변호를 맡을 제가 드릴 말씀은 아니지만 이번 전쟁에서 수십만의 인명이 살상되었습니다. 우리의 자유는 절반으로 삭감되어 있는 거죠. 그것은 양쪽의 똑같은 명분입니다. 계속 죽지 않고 이런 세월을 살아가는 사람들은 그 나름대로 고충이 따르게 마련 아닙니까? 여하튼 저는 이 사건이 검찰에 넘어올 만한 가치도 없는 사건임을 확신합니다. 그러나 아직 제가 해드려야 될 일이 몇 가지 더 있습니다. 워낙 이런 사건이 많으니까 생겨난 오류겠지만, 재판의 지연입니다. 검사는 원래 확실한 피의 사실을 밝혀내지 못하고서는 피의자를 열흘 이상 구금하지 못하게 되어 있고, 연기 신청을 하여도 이십 일밖에 구금 조처할 수 없습니다. 그러나 그것은 원칙일 뿐이고, 국가 보안상의 사건에 대하여는 수사 도중에 확실하게 언제까지 구금시켜야 한다는 제약을 사실상 받지 않고 있는 혼란한 실정입니다. 혼란이 얼마만큼 심한가는 이런 사건이 성립할 수 있다는 사실만 보더라도 짐작하실 줄 믿습니다. 그다음은 재판이 성립되지 않을 경우입니다. 기소유예 처분이 내려지고, 공소 보류자 관찰 수칙에 해당되어 몇 년간을 사실상의 신분 상실자가 될 경우도 발생할지 모릅니다. 이런 염려는 모두 전례가 있기 때문이죠. 현재 사법부는 원래의 뜻과는 벗어난 상명하복이 철저히 시행되고 있어서, 상급 기관이나 특수 기관에서 기소하라면 무죄를 뻔히 알면서도 기소하는 검사들이 있습니다."

변호사의 설명을 묵묵히 듣고 있던 서학준씨가 한여사를 위로하느라고 말했다.

"애써 무고죄루 소송을 걸문 멀 하겠습네까? 성립되디두 않을 텐데. 기러구 한군이 무사히 나오기만 하문 미친개에 물린 셈치구 몸이나 회복하길 바라자우요. 이댐부터 주의해가멘 살아가문 되잖갔소?"

한여사는 조용히 오열을 계속했고, 두 사람은 애써 다른 곳을 바라보며 어서 이 거북스럽고 무거운 자리가 끝나기를 바라고 있는 듯이 보였다. 한영숙 여사가 머리를 쳐들고 중얼거렸다.

"전 어젯밤에 하도 외로워서 우리 큰아이를 깨웠시요. 어린 거이 눈이 둥그레개지구 자기가 멀 잘못한 거이 있느냐구 기러디 않아요. 너희가 멀 잘못해, 우리들이레 다 죽일 것들이디. 기러문서 저는 갸한테 말했시요. 거저 훌륭한 사람 돼야 한다. 나라의 이런 때를 거울삼아 훌륭한 사람이 되어서, 이댐에 좋은 세상이든 나쁜 세상이든 넷말하듯 하라구요. 내레 알아먹디두 못하는 아이한테 오라바니 겪은 얘길 모두 해췄답네다."

한영숙 여사가 이치과로 찾아가니 이필준이는 보이지 않았고, 그의 처가 윤미경이 오기를 기다리고 있다가 당황하는 기색으로 맞았다. 뜻하지 않은 방문이었던 모양이다.

"어드래서 윤여산 안 오구 누이께서 오셨어요?"

"시자 만삭이라 왔다갔다하다간 몸에 나쁠 것 같아서요."

한여사가 앞질러 물었다.

"누구레 오기루 돼 있다면서요."

"예……?"

"머 감옥소에 같이 있던 사람이 오기루 했다구 그러든데요."

"오, 내 정신 좀 보라. 난두 기다리구 있든 참이야요. 기쎄, 민상호 새끼레 자꾸 찾아댕기멘 귀찮게 돈푼 떤어가는 덴 못당하갔시요."

한영숙 여사는 이제부터는 정보대에서 이쪽으로 주목하고 있음을 눈치챘다. 한여사가 말했다.

"이선생이 잘못하신 거라두 있으신 모냥이디요?"

"아…… 기럼요. 함께들 제일병원에 놀레가셨잖우. 기걸 구실루다 트집을 잡는 거야요. 한패루 몰아넣갔다구 기래서 한선생님 껀두 알아볼 겸, 손쓰러 다니시디요."

아마도 제가 파놓은 함정에 빠진 꼴이라고 한여사는 생각했다. 무마하느라고 애가 단 게 틀림없었다. 허위 정보라고 족친다면 피할 수는 없을 거였다.

"우리 일은 상관없시요. 무고죄루 소송을 뒤집어엎을 거니깐요."

엄포를 놓고 나서, 한여사가 말했다.

"변호사까지 내세웠시요."

이필준의 처가 눈썹을 곤두세우고 혀를 찼다.

"아유, 저를 어쩌누. 지금은 변호사를 세워도 소용없다든데 헛돈 쓰셌어. 이런 땐 판사한테 찔르는 거이 거저 최십상이야요."

"어째서요."

"판사가 언도를 내리디 않아요? 찔레널래문 정통에 네야디."

"안 기래요. 재판까지두 못 가서 나오시게 해야디. 고댐엔 소송을 제기하는 거야요."

식모 처녀가 와서 손님이 오셨다고 전했다. 잠시 후에 검게 물들인 미군 작업복을 위아래로 입은 청년이 재빠른 눈초리로 방안의 사람들을 살피며 들어섰다. 이씨의 아내가 말했다.

"서대문 감방에 같이 있던 분이야요. 간수를 통해서 안에다 연락을 해준대니까, 무슨 부탁이든지 하라우요. 재판엔 될 수 있는 대루 안팎의 일을 소상히 알레주는 게 이롭지 않갔시요? 이분은 한선생님 누이동생이구."

청년이 절도 있게 허리를 굽혔다. 짧게 깎은 머리와 볼의 살집이 두툼한 게 아주 건장해 보이는 청년이었다. 이제 겨우 스물 남짓 되었을까. 한여사가 물었다.

"저이 오라버니가 뭐라구 전한 말씀 없었댔나요?"

"네 저…… 원수 갚아달라구 하시데요. 누명 씌운 놈들을 모조리 밝혀서 말입니다."

한여사는 젊은이의 말이 거짓임을 직감적으로 느꼈다. 한영덕씨가 원수를 갚는다든가 하는 말을 입 밖으로 꺼낼 위인이 아닌 거였다. 뿐만 아니라, 한씨는 자기가 무슨 이유로 어떻게 되어 잡혀 들어갔는지조차 모르고 있을 게 분명했다. 누명 씌운 사실을 내세우고 있는 걸 봐서라도 젊은이는 투서한 편에서 만든 가짜라고 한여사는 생각했다.

"실례디만, 무슨 죄루 들어갔댔시요?"

"영장 기피루 육 개월 살았습니다."

감방에서 육 개월 동안 살았던 사람 쳐놓고는 얼굴이 너무 건강하게 그을어 있었다. 이씨의 처가 말했다.

"윤미경씨하구 의논해서 우리끼리라두 면회를 가볼 작정이 댔시요. 내일쯤 이 사람하구 함께 가보디 않을래요?"

한여사는 다른 생각을 하면서 건성으로 대답했다.

"갑세다레. 내일 두 분 다 만나서 자세한 니야길 하디요. 오 후 두시에 형무소 근처서 만나자우요."

*

드디어 전쟁은 끝난 게 아니라, 들판 가운데를 가르고 흘러 가던 강물의 표면이 일시에 얼어버리듯 멎었다. 정치적인 문제 는 물론이고, 사람들의 개인적인 소망마저 얼어붙은 물속 깊이 가라앉아 새로운 계절을 기다리며 한없는 겨울잠에 들어갔고, 망각이 그 위에 두터운 층을 이루면서 쌓여져갔다.

누구에게도 방해받고 싶지 않았던 한여사는 오전에 오빠를 면회하러 갔다. 그 여자는 면회 신청을 하고 나서야 그쪽의 속셈을 알아차렸다. 처 이외에는 아무도 면회하지 못한다는 규칙이었다. 저쪽에서 윤미경을 고정 면회자로 세워 한여사가 접근을 못하도록 막은 다음에, 어리숙한 윤을 시켜 한영덕씨에게서 무슨 확증이 될 만한 단서라도 잡아내려는 계획이었던 것 같았다. 감방 동료라고 속이던 청년은 정보대 끄나풀이 틀림없었다. 한여사가 이북에 있는 올케의 이름으로 면회를 신청했으니까 오히려 다른 사람의 접근을 막은 셈이 되었다. 사방이 차가워 보이는 콘크리트의 벽이었고 책상 하나를 사이에 두고 두 개의 긴 나무의자가 놓여 있었다. 참관하는 간수가 앞서서 들어온 뒤를 따라 미결수복을 입은 한영덕씨가 구부정한 몸을 휘청이며 들어왔다. 한씨의 몰골은 한마디로…… 투명했다. 작은 물고기의 맑고 연약한 살 위로 내장이 비쳐 보이듯 그의 몸은 휘어질 듯 얇아 보였다. 그들은 격해진 감정으로 무슨 말부터 해야 좋을지를 몰랐다. 한여사가 간신히 말했다.

"아무 염려 마시구요. 하센 일 그대루만 얘기하문 돼요. 변호사한테 이북서 당한 얘기두 자세히 해드리라요."

"이치과네가 날 빼주갔다구 정보대를 찾아댕기는 모낭이드라. 인사나 가보렴."

한영덕씨는 훨씬 늙어 보이는 대신 진실한 표정을 하고 있었다.

"이남엔 혈육이라곤 누이동생 하나하구, 친구는 서선생님밖에 없으니끼니 아무두 믿디 말라요."

"기래, 알갔다."

"오라바니, 휴전이 됐시요. 어제 협정이 끝났대요."

한영덕씨는 한참 동안이나 눈두덩을 손끝으로 찍어누르고 있었다.

"……되구 말았구나."

끝날 시간이 다 되었으나, 한여사는 꼭 전해야 할 말을 간직해두고 있었다. 정보대에서 고문하면서, 시인했던 사실을 재판 때에 부정하면 다시 정보대로 돌려보내어 처음부터 조사를 새로 할 거라는 식의 협박을 했다는 말을 들었던 것이었다. 알려야겠는데 간수가 면회 일지에다 두 사람의 대화를 적고 있었다. 그 여자는 기록을 피하고 싶었다. 간수가 일지를 덮고 나서 문을 열었고, 한영덕씨가 따라 일어섰을 때 한여사가 그들의 등뒤에다 대고 말했다.

"오라바니, 정보대서 한번 넘어왔으문 다신 보내지 못한대요. 걱정 말고 안 한 건 하지 않았다구 끝까지 우기시라요."

한씨는 붉게 충혈된 눈을 껌벅이며 고개를 끄덕였다.

한편으로 그 여자는 법원에다 진정서를 올리기로 했다. 그러나 아무도 서명을 해주지 않았다. 한씨의 친구들은 거의 하나

같이 다른 일은 몰라도 그런 문제에 관여하고 싶지 않다며 발
뺌했다. 하는 수 없이 한여사 자신과 서학준 소령, 고동수 박
사, 세 사람의 이름으로 진정서를 올렸는데도 중도에서 탈락됐
는지 감감무소식이었다. 재판은 자꾸 연기되었다가 한씨가 법
원으로 넘어간 후에도 사 개월이 지나서야 그 사건은 일단 불
기소처분이 내려졌다. 한씨는 새로운 사건으로 재판을 받았
다. 자궁 척출에 관한 사건이었다. 한씨가 환자의 생명을 건지
기 위해 뒷수습으로 수술했던 일이었다. 정보대에서는 투서한
비밀을 보장해주겠다며 박가, 김가, 이가에게서 돈을 많이 뜯
어낸 모양이었다. 사소한 감정으로 한씨를 찍어넣었던 그들은
손해를 예상외로 많이 입게 되자―에라 내친김이다, 한영덕이
죽어버려라 하며 사건을 들쑤셔냈던 거였다. 검사측에서도 수
개월씩 가두었던 자를 생판 무죄로 내보내느니 면목을 세워야
했으므로, 재수사를 해서 의료법으로 입건을 했다. 서학준씨
도, 한여사도 한영덕씨의 실수였는 줄로 알고 있었다. 그자들
이 뒤집어씌운 것을 한씨는 밝혀내기도 지쳤을 것이며, 또한
그 일만큼은 자기에게 책임이 있었다고 그는 느꼈던 것이다.
그것은 바로 자신의 천직에 대한 회한이었을지도 몰랐다.

언도 결과는 환자의 위탁이나 승낙 없이 낙태중 치상시킨 죄
에 해당되는 일 년의 징역과 삼 년의 자격정지였다. 한씨 주변

사람들은 판결이 표면상으로는 의료법을 적용했으나 사실은 정치적 인상이 짙었다는 느낌을 받았다. 한여사가 재판정을 나오다가 민상호와 박가, 김가, 이가의 네 사람이 나란히 어울려 가는 뒤를 쫓아가 길을 막았다. 그 여자는 창백하게 질려서 어깨까지 떨었었다.

"우리 오라바니가 들으시문 섭섭해할 거디만, 만약에 오라바니가 아니구 내 남편이댔으문 너이는 이 자리에서 내 손에 칼 맞구 죽었을 거다."

민상호가 웃으면서 한영숙씨의 어깨를 잡아 한쪽으로 비켜 세우고 대꾸했다.

"야, 참으라우. 다 참아둬야 살인죄두 면할 거 아니가."

"너이 뼈를 갈아 한강물에다…… 아니 기러문 한이 맺혀서 안 되갔다. 이댐에 내 고향 대동강에 개져다가 훌훌 뿌리갔다."

한여사의 볼 위로 눈물이 줄지어 흘러내렸다.

*

한혜자는 단신 월남한 주정뱅이 고용 의사와 납북된 경찰관의 아내였던 전쟁미망인 사이에서 태어났다. 그애는 뒷날 성숙한 처녀가 되었을 때에 자신의 별명을 '개똥참외'라고 지었다.

인분에 섞여 싹이 트고 폐허의 잡초 사이에서 자라나 강인하게 성장하는 작고 단단한 열매.

이별을 겪고 나서 체념한 사람들이 인생의 새로운 인연에 따라 살아갔는데, 그들의 버려진 기대와 함께 태어난 아이들은 자기네 이전의 삶을 일종의 우스운 농으로 받아들일 수밖에 없었다.

혜자는 아버지에 관해서 아는 게 별로 없었다. 시름시름 허리를 앓거나 어쩌다 폭음을 하던 키 큰 남자라는 기억뿐이었다. 그애는 자라나는 동안 양친의 일가친척 집에 거의 왕래를 하지 않고 살았다. 어느 쪽에서도 혈육의 대접을 기대할 수 없었던 것이다. 아버지가 달랐던 진용이와 혜자는 사이가 좋았지만, 진용이는 아버지를 미워했다. 처음에는 아저씨라고 부르더니, 커서는 선생님이라고 불렀고, 또 그럴 만도 했던 것이 독립호적을 갖고 있었기 때문이었다. 혜자에게 아버지의 이야기를 꺼낼 경우라도 언제나 너의 아버지라고 말해왔다. 혜자는 그런 게 모두 우스웠고, 술에 취해 헛소리를 하는 아버지를 구경하는 게 재미있었다. 아버지는 식구들과 말도 건네지 않고 항상 뿌루퉁하게 골난 사람처럼 보였다. 술이 깨었을 때엔 이상한 소리가 들린다며 솜으로 두 귀를 꼭 막고 지냈다.

한영덕씨는 혜자가 여덟 살이 될 때까지 의사 노릇을 하지 않앉다. 혜자네는 몇 년 동안 어느 실업고등학교 앞에서 작은 문방구점을 해서 살았다. 한씨가 수완이 없어서 상점은 쫄딱 망해버렸다. 학교 서무과 직원에게서 학용품 납품의 특혜를 얻는 대신 무슨 금전상의 보증을 섰는데 그쪽의 채무를 한씨네가 걸머지게 되었던 것이다. 그뒤 이삼 년간을 한영덕씨는 친구들 병원을 돌아다니며 시간제 의사 노릇을 했다. 어느 날 아침에 한씨는 병원에 나가는 차림으로 외출해서는 돌아오지 않았다. 윤미경은 이 무능한 남자가 드디어 일본에 있는 동창생 덕으로 날라버렸다며 분개를 했었다. 그 여자는 혜자가 열다섯 살 때 여관업을 하던 홀아비 노인과 재혼해버렸다. 훨씬 뒤에 혜자는 고모에게서 아버지의 소식을 들었다. 그가 미션 계통의 어떤 지방 대학 기숙사에서 관리인 노릇을 한다는 것이었다. 혜자가 첫번에 고모와 같이, 두번째는 혼자 가서 그를 만났었고, 세번째 찾아갔을 때엔 한씨가 거길 그만두고 떠나버린 다음이어서 만날 수가 없었다. 한영덕씨가 사망했다는 전보를 받고서도 혜자는 울음이 나오지 않았다. 그애는 아버지의 죽음이 아닌—그이가 내포했던—시대를 새롭게 실감하고 있었기 때문이었다.

새벽의 냉기 때문에 눈을 뜬 혜자는 서학준 박사와 고모가 잠이 든 걸 확인한 뒤에 살그머니 일어났다. 그애는 발꿈치를 들고 영좌靈座 앞으로 걸어가 향 그릇 옆에 놓인 유품들 중에서 수첩을 집어들었다. 집안의 모든 사람들이 잠들었는지 사위가 고요했다. 그애는 우중충하고 비좁은 계단을 내려와 그 집을 빠져나왔다. 고별식은 끝났고, 이제 아버지는 망령마저 떠돌 수 없도록 땅속 깊이 묻힐 것이다. 혜자는 아버지의 매장에 관한 따분한 기억을 갖고 싶지가 않았다.

집을 나서니까 상가를 알리느라고 달아매놓은 붉은 종이 호롱이 바람에 흔들리고 있었다. 잔등殘燈의 불빛이 어둠 속으로 멀리까지 쫓아왔다. 혜자는 다시 돌아갔다. 동편 하늘에 새벽빛이 부옇게 번졌고, 이층집 지붕이 어둠과 경계를 지으며 하늘 속에 윤곽을 드러내고 있었다. 혜자는 종이 등피를 쳐들고 거의 다 타버린 촛불을 불어 껐다. 첫차 시간이 아직 멀었는데도 그애는 역까지 뛰어서 갔다.

1943년　　만주 장춘長春에서 출생.

1945년　　해방과 함께 모친의 고향인 평양 외가로 나옴.

1947년　　월남하여 영등포에 정착.

1950년　　영등포국민학교에 입학했으나 한국전쟁 발발로 피란지
　　　　　를 전전함.

1956년　　경복중학교 입학.

1959년　　경복고등학교 입학. 경복중고교 교지 『학원學苑』에 수필
　　　　　「나의 하루」, 시「구름」, 단편「의식」「부활 이전」 등을 발
　　　　　표함. 청소년 잡지 『학원學園』의 학원문학상에 단편소설
　　　　　「팔자령八字嶺」이 당선.

1960년　　당시 국회의사당이던 부민관 앞과 시청 앞에서 4·19를
　　　　　맞음. 함께 있던 안종길 군이 경찰의 총탄에 희생됨. 그의
　　　　　유고시집 『봄·밤·별』을 친구들과 함께 편집 발간.

1961년　　전국고교문예 현상공모에 「출옥하는 날」 당선. 봄에 경복
　　　　　고를 휴학하고 가출하여 남도 지방을 방랑하다 그해 가을
　　　　　에 돌아옴.

1962년	11월 단편「입석 부근」으로『사상계思想界』신인문학상 수상.
1964년	한일회담 반대시위에 참가. 노량진경찰서 유치장에서 만난 제2한강교 건설노동자와 남도로 내려감. 신탄진 연초공장 공사장에서 일용노동. 그후 청주 마산 진주 등지를 떠돌며 여러 가지 일을 하다가 칠북의 장춘사長春寺에서 입산. 동래 범어사를 거쳐 금강원에서 행자 노릇을 하다가 모친과 상봉하여 상경함.
1966년	8월 해병대에 입대하여 이듬해 청룡부대 제2진으로 베트남전 참전.
1969년	5월 군에서 제대함.
1970년	조선일보 신춘문예에 단편「탑」이 당선.「돌아온 사람」발표. 동국대학교 철학과 중퇴.
1971년	단편「가화假花」「줄자」, 중편「객지客地」발표.
1972년	단편「아우를 위하여」「낙타누깔」「밀살」「기념사진」「이웃 사람」, 중편「한씨연대기」발표.
1973년	구로공단 연합노조 준비위를 구성하여 공장 취업. 단편「잡초」「삼포 가는 길」「야근」「북망, 멀고도 고적한 곳」「섬섬옥수」, 중편「돼지꿈」, 르포「구로공단의 노동실태」를 발표함.
1974년	단편「장사의 꿈」, 사북탄광에 대한 르포「벽지의 하늘」, 공단 여성 노동자의 삶을 취재한「잃어버린 순이」발표.

4월 첫 창작집 『객지』(창작과비평사) 발간. 7월부터 이후 1984년 7월까지 10년 동안 한국일보에 대하소설 『장길산』 연재. 군사정권의 유신체제에 대한 저항운동 치열해짐. '자유실천문인협의회' 창설과 현장 문화운동 조직위에 참여.

1975년 단편 「가객」, 희곡 「산국山菊」 발표. 소설집 『북망, 멀고도 고적한 곳』(동서문화원), 소설선 『삼포 가는 길』(삼중당) 발간. 「심판의 집」 서울신문에 연재.

1976년 단편 「몰개월의 새」 「한등」 「철길」, 르포 「장돌림」 발표. 가을에 전남 해남으로 이주.

1977년 단편 「종노種奴」 발표. 『무기의 그늘』의 기초가 된 「난장亂場」을 11월부터 다음해 7월까지 『한국문학』에 연재. 『심판의 집』(열화당) 발간. 해남에서 '사랑방 농민학교' 시작. 호남을 중심으로 한 현장 문화운동 시작.

1978년 소설집 『가객歌客』(백제) 발간. 문화패 '광대' 창설. '민중문화연구소' 설립. 광주로 이주.

1979년 위 연구소를 확대 개편한 '현대문화연구소'의 선전·야학·양서조합 등의 문화운동 부문에 참여. 계엄법 위반으로 검거되었으나 기소유예 처분됨.

1980년 광주항쟁 일어남. 조직에 함께 참여했던 젊은 동료들 수십여 명 사상.

1981년 그동안 현장에서 썼던 희곡들을 정리하여 희곡집 『장산곶

매』(심설당) 발간. 소설선『돼지꿈』(민음사) 발간. 시나리
오「날랑 죽겅 펄에나 묻엉」 발표. '광주사태 수사당국'의
권유로 제주도로 이주. 제주에서 문화패 '수눌음'과 소극
장 창립. 4·3항쟁 연구모임인 '제주문제연구소'에 참여.

1982년 광주로 돌아와 '자유 광주의 소리' 시작.〈임을 위한 행진
곡〉이 담긴 첫번째 지하 녹음테이프 '넋풀이' 제작 배포.

1983년 광주항쟁의 진상을 알리기 위한 문화기획팀 '일과 놀이'
에 참가. 산문「일과 삶의 조건─문학에 뜻을 둔 아우에
게」 발표. 1월부터 이듬해 3월까지『월간조선』에「무기의
그늘」1부 연재.

1984년 대하소설『장길산』(현암사) 전10권으로 완간. '민중문화
운동협의회' 창설, 공동대표 역임.

1985년 광주항쟁 기록『죽음을 넘어 시대의 어둠을 넘어』(풀빛)
지하출판됨. 산문집『객지에서 고향으로』(형성사) 발간.
서독 베를린에서 열린 '제3세계 문화제'에 아시아 대표로
참가함. 유럽, 미국, 일본에서 '통일굿' 공연. 미국에서 문
화패 '비나리' 창립. 일본에서 문화패 '한우리'와 '우리문
화연구소' 창립.

1986년 10월부터 이듬해 8월까지 중앙일보에「백두산」연재. 6월
항쟁의 시국 변화로 중단.

1987년 단편「골짜기」 발표. 소설선『골짜기』(인동)『아우를 위하
여』(심지) 발간. 9월부터 이듬해 3월까지『월간조선』에

「무기의 그늘」 2부 연재.

1988년   단편 「열애」, 산문 「항쟁 이후의 문학」(『창작과비평』) 발표. 장편소설 『무기의 그늘』(형성사) 발간. 9월부터 이듬해 2월까지 『신동아』에 「평야平野」 연재. '한국민족예술인총연합' 창립.

1989년   소설선 『열애』(나남) 발간. 3월 북한의 '조선문학예술총동맹' 초청으로 방북. 이후 귀국하지 못하고 독일예술원 초청 작가로 1991년 11월까지 베를린 체류. 북한 방문기 「사람이 살고 있었네」를 『신동아』와 『창작과비평』에 분재. 『무기의 그늘』로 만해문학상 수상. 베를린 장벽 무너짐.

1990년   2월부터 7월까지 한겨레신문에 「흐르지 않는 강」 연재. 8월에 평양에서 열린 제1차 범민족대회에 참가하면서 연재 중단. 남·북·해외동포가 망라된 '조국통일범민족연합' 창립에 주도적으로 참여, 대변인 역임. 소련과 동구 사회주의권의 붕괴를 목격함.

1991년   베를린 '남·북·해외 3자 회담'에 참가. 회의에 의해 '공동사무국' 창설을 위하여 뉴욕으로 이주할 것이 결정됨. 11월 미국 롱아일랜드 대학 문화예술 프로그램에 초청받아 미국 체류. 이후 귀국할 때까지 뉴욕 체류.

1992년   뉴욕에서 아시아인 1.5세, 2세들과 함께 '동아시아문화연구소' 창립. 부정기간행물 『어머니 대나무Mother Bamboo』 발간.

1993년   4월 귀국하여 방북 사건으로 징역 7년 형을 선고받음.
          『사람이 살고 있었네』(황석영석방공동대책위) 발간.

1998년   3월 석방.

1999년   1월부터 이듬해 2월까지 동아일보에 장편소설 『오래된
          정원』 연재.

2000년   5월 『오래된 정원』(창작과비평사) 출간. 『오래된 정원』으
          로 단재상, 이산문학상 수상.

2001년   6월 장편소설 『손님』(창작과비평사) 출간. 『손님』으로 대
          산문학상 수상.

2002년   10월부터 이듬해 10월까지 한국일보에 『심청, 연꽃의
          길』 연재.

2003년   6월 『삼국지』(창비) 전10권 번역 출간. 12월 장편소설
          『심청』(문학동네) 출간.

2004년   2월부터 2006년 2월까지 '한국민족예술인총연합' 이사
          장 역임. 4월부터 2007년 11월까지 런던 대학과 파리7대
          학 초청으로 런던과 파리 거주. 『심청』으로 올해의예술상
          수상. 만해대상 수상.

2007년   1월부터 6월까지 한겨레신문에 『바리데기』 연재. 7월 장
          편소설 『바리데기』(창비) 출간.

2008년   2월부터 7월까지 인터넷 포털사이트 네이버에 『개밥바라
          기별』 연재. 8월 장편소설 『개밥바라기별』(문학동네) 출간.

2009년   9월부터 이듬해 4월까지 인터넷서점 인터파크에 『강남

몽』연재.

2010년   6월 장편소설『강남몽』(창비) 출간.

2011년   5월 장편소설 『낯익은 세상』(문학동네) 출간. 11월부터 2014년 11월까지 문학동네 네이버 카페에 '황석영의 한국 명단편 101' 연재.

2012년   4월부터 10월까지 한국일보에 『여울물 소리』연재, 11월 장편소설 『여울물 소리』(자음과모음) 출간.

2015년   1월 『황석영의 한국 명단편 101』(문학동네) 전10권 출간. 11월 장편소설 『해질 무렵』(문학동네) 출간.

2016년   단편 「만각 스님」 발표.

2017년   6월 자전 『수인』(문학동네) 전2권 출간.

2019년   4월부터 2020년 3월까지 인터넷서점 예스24에 「마터 2-10」 연재. 현재까지 아시아, 유럽, 미주, 남미 등 세계 28개국에서 87종의 저서가 번역 출판됨.

황석영

1943년 만주 장춘에서 태어났다. 고교 재학중 단편소설 「입석 부근」으로 『사상계』 신인문학상을 수상했고, 1970년 조선일보 신춘문예에 단편소설 「탑」이 당선되면서 본격적인 작품활동을 시작했다. 『무기의 그늘』로 만해문학상을, 『오래된 정원』으로 단재상과 이산문학상을, 『손님』으로 대산문학상을 수상했다.

주요 작품으로 『객지』 『가객』 『삼포 가는 길』 『한씨연대기』 『무기의 그늘』 『장길산』 『오래된 정원』 『손님』 『모랫말 아이들』 『심청, 연꽃의 길』 『바리데기』 『개밥바라기별』 『강남몽』 『낯익은 세상』 『여울물 소리』 『해질 무렵』 등이 있다. 또한 지난 100년간 발표된 한국 소설문학 작품들 가운데 빼어난 단편 101편을 직접 가려 뽑고 해설을 붙인 『황석영의 한국 명단편 101』(전10권)과 자신의 파란만장한 삶의 행로를 되돌아본 자전 『수인』(전2권)을 펴냈다.

프랑스, 미국, 독일, 이탈리아, 스페인, 일본, 스웨덴 등 세계 각지에서 『오래된 정원』 『객지』 『손님』 『무기의 그늘』 『한씨연대기』 『심청, 연꽃의 길』 『바리데기』 『낯익은 세상』 『해질 무렵』 등이 번역 출간되었다. 『손님』 『심청, 연꽃의 길』 『오래된 정원』이 프랑스 페미나상 후보에 올랐으며, 『오래된 정원』이 프랑스와 스웨덴에서 '올해의 책'에 선정되었다.

한씨연대기

ⓒ황석영 2020

초판 인쇄 2020년 4월 29일
초판 발행 2020년 5월 15일

지은이 황석영
펴낸이 염현숙
책임편집 이상술 | 편집 김봉곤 정은진 김내리
디자인 윤종윤 유현아 | 마케팅 정민호 박보람 우상욱 안남영
홍보 김희숙 김상만 지문희 우상희 김현지
제작 강신은 김동욱 임현식 | 제작처 상지사

펴낸곳 (주)문학동네
출판등록 1993년 10월 22일 제406-2003-000045호
주소 10881 경기도 파주시 회동길 210
전자우편 editor@munhak.com | 대표전화 031) 955-8888 | 팩스 031) 955-8855
문의전화 031) 955-3576(마케팅) 031) 955-8864(편집)
문학동네카페 http://cafe.naver.com/mhdn | 트위터 @munhakdongne
북클럽문학동네 http://bookclubmunhak.com

ISBN 978-89-546-7158-3 03810

www.munhak.com